Poesie der Nachbarn – Dichter übersetzen Dichter
begründet von Gregor Laschen

Rohrbacher Straße 18
69115 Heidelberg
www.wunderhorn.de

Satz: Cyan, Heidelberg
Druck: NINO Druck GmbH, Neustadt/Weinstraße
ISBN 978-3-88423-392-4

9 783884 233924

MIX
Papier aus verantwortungsvollen Quellen
FSC® C006655

Hans Thill (Hrsg.)

Geständnis eines Despoten

Gedichte aus Bosnien-Herzegowina

Übersetzt nach Interlinearversionen von Hana Stojić

Wunderhorn

Hans Thill

Lied der Erntemaschine

aus Edenkoben: ich sehne mich nach den traurigen
Flüssen Slawiens und ihrer Koseform. Nach der
Tinte, mit der Prof. Old die Verssuppe würzt.
Nach jedem siebten Piep von Supermann
mit seiner Rentnerstimme (er hat eine Grille
verschluckt). Nach Tweety und seinen Kameraden
in einem astralen Kaff auf der Überlandleitung.
Nach den Geständnissen von Dr. Phil, der in
einem Schilfboot übernachtet. Nach dem Gejammer
der Postboten. Nach den Notizen einer Mumie
in den beheizten Zimmern von Hambach.
Nach dem Geständnis des Despoten mit den
schwarzen Pfoten, nach dem schaumigen Verstand
eines Touristen, nach dem Reim von Gras und Erde
in der Odyssee eines dicken Jungen, der alle
Rippen Gott vermacht, zum Bau der sich
bückenden Aphrodite, gepierct und mit stachliger
Frisur. Aphrodite mit dem Afro-Schnitt!
Rufen die schnellen Geräte von Heathrow,
die uns die Vollernter aus Pape bringen

Edenkoben, 29. Juni 2011

Mile Stojić

Jutarnja toaleta

Pred ogledalom isto kao pred tuđim
Licem, punim bora, umora i zblanutosti
Tračak bolesti čini pogled još luđim
U slivnik teče sluz, olovo kroz kosti.

Što nekad bilo svila sad je zgužvana krpa
Majčino tužno oko kroz podočnjake sine
Solomonov sjaj opušaka je siva hrpa
Apolonski vrat poput kore narančine.

Tijelo pod tuš, pa u mirisno rublje
Slijepoočnice dugo masirati ručnikom
Kolonjsku vodu u lice utrljati što dublje
Dok pluća pište samrtnom muzikom.

Vjetar ti je otpuhao više od pola kose
Jer dok si snivao đavao bio je budan
Osmijehneš se tužno iz zrcala i polako se
Spuštaš u pakao postojanja. U dan.

Morgentoilette

Vor dem Spiegel mein Antlitz mit fremdem Schimmer
Gesicht voller Falten, von Entsetzen gebrochen
Ein Hauch von Krankheit macht alles noch schlimmer
Schleim in den Abfluß, Blei in den Knochen.

Was Seide einst war, nun ein Knitterfetzen
Mutters trauriger Blick in Augenringen gefangen.
Salomos Glanz ein Haufen gerauchter Zigaretten
Apollos Hals mit der Haut von Orangen.

Den Leib untern Duschstrahl, ins Duftgewand
Die Schläfen mit dem Handtuch massieren.
Rasierwasser tief einreiben ins Antlitz, entspannt
Während die Lungen den Tod intonieren.

Wind entwand dir die Hälfte der Haare
Während du träumtest bewachten Teufel das Grab.
Traurig lächelst du in den Spiegel der Wahrheit
Und steigst hinab in die Hölle. Den Tag.

(Richard Pietraß)

Sarajevski pjesnici

Živimo u jazbinama, ranjeni i ostrvljeni
Viđamo se na izložbama, u kazalištu,
Na književnim večerima. Sudjelujemo
U polemikama, žučno diskutiramo
O važnim državnim problemima,
Ali nas nitko ne sluša.

Pijemo rakiju u gradskim pajzlovima,
Na gladan stomak i naiskap.
Pričamo o knjigama tek izišlim ili
Dopola pročitanim. Ponavljamo aforizme:
Tko ovdje nije lud – nije normalan.
Ili: ovo je grad promašenih ljudi.

Najlakše se zapalimo na pitanjima
Nacije. Tko je kriv, tko je prvi počeo
I slutimo buduća klanja. U rijetkim trenucima
Kad smo složni blagosivljamo nebo što nas je
Posadilo u ovoj ukletoj kotlini.

Posjećuju nas vile i nimfe u snovima.

Preziremo romantičnu poeziju, govorimo na
Televiziji o propasti zapadne civilizacije.
Pritom pokazujemo ožiljke od kerubinskog mača
Na našim dušama u našim pjesmama.
Onda kratko zašutimo. Preko naših lica
Preleti sjena anđela jednog raja
Iz kojeg su nas istjerali.

Dichter aus Sarajevo

Wir leben in Koben, verletzt und verlassen,
begegnen einander auf Vernissagen, im Theater,
bei Lesungen. Wir beteiligen uns
an Polemiken, diskutieren erbittert
die großen Staatsprobleme,
doch keiner hört zu.

Wir trinken Schnaps in Eckkneipen,
auf Ex und auf leeren Magen.
Wir sprechen über eben aufgeschlagene Bücher oder
zur Hälfte verdaute. Wir plappern die Aphorismen nach:
Wer hier nicht verrückt ist, ist nicht normal.
Oder: Sarajevo ist eine Stadt der Blindgänger.

Am schnellsten gehen wir hoch bei Fragen der Nationalität.
Wer schuld sei am Krieg, wer als erster geschossen habe,
wir prophezeien das Blutbad der Zukunft. In seltenen Momenten,
wenn wir uns einig sind, verfluchen wir Gott, der uns
in diesem rußigen Kessel ausgesät hat.

Im Traum besuchen uns Feen und Nymphen.

Wir verachten Liebeslyrik, reden im Fernsehen
über den Untergang der westlichen Zivilisation.
Dabei zeigen wir Narben vom Schwerte des Cherub
in unseren Seelen und unseren Gedichten.
Dann schweigen wir kurz. Über unsere Gesichter
streift zart der Engel des Paradieses,
aus dem wir vertrieben wurden.

(Kathrin Schmidt)

Sonet

U osmrtnicama *Oslobođenja*
nađem da je umrla F.

Bila je najljepša cura na sarajevskom
Filozofskom fakultetu, generacija 1974.
Moj cimer u studentskom domu
Pio je dan i noć zbog nje,
ali ona mi je jednom rekla
„Ti se meni više sviđaš".

Nije između nas bilo ljubavi.
Jednom sam je milovao
u Vilsonovu, na sjenovitoj klupi
Pitala me: „Hoćeš li mi posvetiti pjesmu?"
„Kada bih imao talenta, odgovorio sam,
tvojim bih nogama rado posvetio sonet
Jer vrhunski sklad zahtijeva
savršenu formu".

Ona se radosno kikotala.
Nisam je vidio više od trideset godina
Čuo sam da je imala nekoliko
Neuspjelih brakova. Siroto dijete
Niklo i otišlo u vremenu stradanja i boli.

Sinoć sam razmišljao o rimovanoj formi
Ali sve što sam uspio nažvrljati
jesu ove nepovezane rečenice
Što se rimuju sa zemljom
Što se rimuju sa travom.

Sonett

In den Todesanzeigen der *Oslobođenje*
entdecke ich, dass F. gestorben ist.

Sie war das schönste Mädchen der
Philosophischen Fakultät Sarajevo, Jahrgang 1974
Mein Mitbewohner im Wohnheim
trank ganze Tage und Nächte wegen ihr,
aber mir sagte sie einmal:
„Du gefällst mir besser".

Es gab keine Liebe zwischen uns.
Ich streichelte sie einmal
auf einer schattigen Bank an der Vilsonovo Promenade.
Sie fragte mich: „Widmest du mir ein Gedicht?"
„Wenn ich Talent hätte, sagte ich,
würde ich deinen Beinen ein Sonett widmen,
denn höchste Harmonie verlangt
nach einer perfekten Form".

Sie kicherte fröhlich.
Ich habe sie mehr als 30 Jahre lang nicht gesehen
Habe gehört sie hätte einige
erfolglose Ehen hinter sich. Armes Kind,
wuchs in Zeiten des Leides und des Schmerzes auf.

Gestern Nacht dachte ich über die gereimte Form nach,
aber alles, was ich hinkritzeln konnte
sind diese Sätze ohne Sinn,
die sich auf das Gras reimen,
die sich auf die Erde reimen.

(Sünje Lewejohann)

Mile Stojić

Sonett

In den Todesanzeigen der *Oslobođenje* lese ich,
Dass F. gestorben ist.

Sie war das schönste Mädchen an der Philosophischen Fakultät
Von Sarajevo, Jahrgang 1974.
Mein Mitbewohner im Studentenwohnheim
Ließ sich tage- und nächtelang volllaufen wegen ihr,
Aber dann sagte sie mir
„Du gefällst mir besser".

Das zwischen uns war keine Liebe.
Einmal streichelte ich sie
Auf einer schattigen Bank an der Vilsonovo Promenade
Und sie fragte geradeheraus: „Widmest du mir eins deiner Gedichte?"
„Wenn ich Talent hätte", erwiderte ich,
„Schrieb ich allein schon für deine Beine ein Sonett,
Denn etwas so vollkommen Schönes verlangt
Nach einer perfekten Form."

Sie lächelte vergnügt.
Ich sah sie dann mehr als dreißig Jahre lang nicht,
Hörte, sie habe ein paar
Gescheiterte Ehen hinter sich. Armes Kind,
Aufgewachsen in den Zeiten des Leidens und Schmerzes.

Gestern Nacht dachte ich über ein Gedicht mit Reimen nach,
Aber alles, was ich kritzeln konnte,
Sind diese zusammenhanglosen Sätze,
Die sich auf Gras reimen,
Die sich auf Dreck reimen.

(Ron Winkler)

Elektronska kuća

Mramorne stube, inoks i lamperija
Podovi od bračkog mramora, svjetlucaju
diode: na jedno dugme teče med
Na drugo topla kava, na treće led.

Vino i pivo smo izbacili, jer debljaju
Pušenje je strogo zabranjeno, čak i u
Dvorištu. Senzori odmah reagiraju na dim
Kamin je električni, pucketa bukovina.

Televizija – elektronsko ognjište, receiver
s tisuću kanala Za djecu crtani, za odrasle
politika i sapunice, iza ponoći pornografija
big brother plus tri vjerska kanala
(svakoj konfesiji po jedan, to je u nas običaj).

Automati za espresso, pečenje kruha, toast
Usisavanje prašine, propisanu vlažnost zraka
Prozori fotoosjetljivi, zimi kristalno prozirni
Ljeti naglo potamne, ko čehinje na plaži

Toplina zrači iz poda. Muzika rosi sa stropa

Kako uživamo u toj fulautomatiziranoj furiji
U njenim digitaliziranim strojevima
Skakućući oko njih po cijeli dan i sami
Postajemo sensomatic, svjetlucaju nam oči.

Mile Stojić

Elektronikhaus

Marmortreppen, Inox und Lambris
Böden aus Stein von der Insel Brač, die Dioden
Glimmen: auf einen Knopfdruck fließt Milch
Auf den zweiten warmes Wasser, auf den dritten Eis.

Wein und Bier haben wir abgeschworen, sie machen dick
Rauchen ist streng verboten, sogar im Garten
Sensoren reagieren sofort auf Rauch
Der Kamin ist elektrisch, das Buchenholz knistert.

Der Fernseher – elektronische Heimstatt, Receiver
Mit eintausend Programmen. Für Kinder Zeichentrickfilme, für Erwachsene
Politik und Seifenopern, nach Mitternacht Pornografie
Big Brother plus drei Glaubensprogramme
(Für jede Konfession eins, so ist bei uns der Brauch).

Automaten für Espresso, Brotbacken, Toast
Staubsaugen, einprogrammierte Luftfeuchtigkeit
Die Fenster fotosensitiv, im Winter durchsichtig
Im Sommer werden sie plötzlich dunkel, wie Tschechinnen am Strand

Die Heizung strahlt aus den Böden
Die Musik nieselt von der Decke

Wie wir diese voll automatisierte Furie genießen
Ihre digitalisierten Maschinen
Um sie herumwuselnd die ganzen Tage
Werden wir selbst sensomatic, unsere Augen flimmern.

(Brigitte Oleschinski)

Bemerkungen:

Bitte frankieren

Verlag Das Wunderhorn GmbH
Rohrbacher Straße 18
D-69115 Heidelberg

www.wunderhorn.de
Telefon: +49 - (0)6221 - 40 24 28
Fax: +49 - (0)6221 - 40 24 83

Strofe za Joba

Zašto si mi gospode dao mogućnost da pišem
Da zapisujem i pamtim ono što zaboraviti treba
Živjeti u skučenome i malom a težiti prema višem
Ispod ovog okrutnog sunca, ovog sivoga neba.

Zašto si mi gospode dao iluziju da se nadam
Da stolujem u plaveti i kraljujem u oblacima
Kad znao si da ću pasti i da još uvijek padam
U ove kratere oštre u kojima caruje zima.

Zašto si mi gospodine dao slabost da plačem
Da svaki prag prekoračim i odem bez osvrtanja
A sve što sam gradio i tkao prepustio si jačem
Čija je pohlepa veća a blagorodnost manja.

Zašto si mi gospode dao sposobnost da volim
I da se moja ljubav godinama ko nijagara pjeni
Zar bolje mi ne bi bilo u nebeskoj karanteni
U čijoj bjelini traju prezreni i nevoljeni.

Pred čijim si me vratima pustio dok očaj romori
Sa tijelom koje ne leti i dušom koja ko dim praminja
Što me nisi ostavio na suroj hercegovačkoj gori
Koja je i o ilindanu prekrita pokrovom inja.

Strophen für Hiob

Warum, o Herr, hast Du das Schreiben mir gegeben,
Dass ich, was besser zu vergessen wär, stets muss erinnern,
Dass ich in der Beengtheit leb und doch nach Hohem strebe
Unter der Sonne Grausamkeit, unter dem grauen Himmel.

Warum, o Herr, gabst Du die süße Selbsttäuschung, zu hoffen,
Ich könnt im Blau regieren, über Wolken sein der Herr.
Und wusstest doch, ich würde fallen: Ich fall' ununterbrochen
In diese schroffen Krater unter des Winters Gesetz.

Warum, o Herr, gabst Du mir auch die Schwachheit, um zu weinen,
Schwellen zu überschreiten, zu gehen ohne Blick zurück,
Und überließest alles, was ich jemals schuf, dann einem,
Der stärker ist, der Habgier besser kennt als Edelmut.

Warum, o Herr, gabst Du mir auch die Fähigkeit zu lieben
Und lässt wie die Niagara-Fälle diese Liebe schäumen.
Wär ich doch nur in Quarantäne in den Himmelsräumen,
In deren Weiß die Ungeliebten und Verstoßnen träumen.

Vor wessen Tür ließest Du mich in raunender Verzweiflung
Mit einem Körper, der nicht fliegt, und einer Seele leicht wie Rauch,
Warum durft ich in Herzegowinas Gebirg nicht bleiben,
Wo Rauhreif liegt das ganze Jahr, zu Sankt Elias auch.

(Àxel Sanjosé)

Strophen für Hiob

Was gabst, Herr, Du mir die Möglichkeit zu schreiben
Notieren und erinnern, was man vergessen sollte
Beengt und klein zu leben und nach mehr zu greifen
Unter dieser rohen Sonne mit ihren unfrohen Wolken.

Was gabst, Herr, Du mir die Illusion zu hoffen
Im Blau zu walten und die Wolken zu regieren
Du wußtest, daß ich falle, vom Fallen stets betroffen
In diese scharfen Krater, regiert von Winters Frieren.

Was gabst, Herr, Du mir die Schwäche zu weinen
Jede Schwelle anzugehn und ohne Wiederkehr
Alles was ich baute, webte, ließest Du dem Stärkren
Mit seiner größren Gier und kleinren Ehr.

Was gabst, Herr, Du mir die Fähigkeit zu lieben
Und daß die Liebe wie der Niagara schäumt
Stünd mir nicht besser himmlisches Quarantänelinnen
In dessen Weiß hinleben die Mißliebigen verträumt.

Vor wessen Tür ließt Du meine Verzweiflung knirschen
Mit einem flügellosen Leib und einer Seele Rauch
Was ließt Du mich nicht im herzegowinischen Gebirge
Das auch am Eliastag bezogen ist mit weißem Tau.

(Richard Pietraß)

Himna heraldičkom orlu

Rraspolućena ptico ti letiš
Iznad planina iznad država
Što na svoje barjake i štitove
utiskuju tvoj bastardni lik
raspeti i dvogubi

Znak svemoćnih Seldžuka
i grada Stambola, jači od heraldike
ruski sa štitom svetog Jurja
i crnogorski s lavom na prsima
Srpski s ocilima, natkriven ponjavom
i albanski skenderbegovom kacigom
Ti lebdiš iznad planina, iznad zemalja,
iznad vojski koje s tvojim likom na čelu
ubijaju ljude

Drugo su Bundesadler, Reichsadler i Geier
The Falcon s kljunom od titanijuma

Ti letiš iznad šuma rijeka i planina
I smiješ se armenskim kombinacijama s lavom
Na vlaškom grbu zlatan ti lave
nebeski s krstom u kljunu
Na austrijskom srp i čekić u pandžama
Umjesto žezla habsburga i mađarske krune

Ti letiš i ni briga te nije za te države
Što stoljećima prolijevahu ljudsku u tvoju krv
Znajući da ne mogu ubiti tvoj sjaj
Ni let

Ti letiš ti letiš ti letiš
Iznad ljudi, iznad planina,
iznad pustinja, iznad snova

Čekajući kuršum lovca, rafal kalašnjikova
da svoju orlovsku krv prospeš
Među oblacima.

Hymne an den Wappenadler

Du, zweigeteilter Vogel, fliegst
über Berge und Staaten,
die dein widerwärtiges Abbild
doppelköpfig und gekreuzigt
auf ihre Flaggen und Schilde stanzen.

Du bist das Zeichen der mächtigen Seldschuken
und der Stadt Stambul, bist stärker als jede Heraldik bist
russisch mit dem Schild des heiligen Georg
montenegrinisch mit dem Löwen auf der Brust
serbisch mit dem Kreuz unter dem Wappenmantel
bist albanisch mit Skenderbegs Helm.
Du schwebst über Berge und Länder,
über Heere, die mit deinem Bildnis auf der Stirn
Menschen töten.

Bundesadler, Reichsadler und Geier sind was anderes
The Falcon mit einem Schnabel aus Titanium

Du fliegst über Wälder, Flüsse und Berge.
Du lachst über die armenische Version mit dem Löwen.
Golden bist du, ein himmlischer Löwe auf dem Wappen der Walachen
trägst das Kreuz im Schnabel,
trägst den Österreichern Hammer und Sichel
statt des Habsburgerzepters, der ungarischen Krone

Du fliegst und was kümmern dich die Staaten,
die seit Jahrhunderten für dein Blut Menschenblut vergießen,
immer wissend, sie können deinem Glanz nichts anhaben geschweige denn
deinem Flug.

Mile Stojić

Du fliegst, du fliegst, du fliegst
über Menschen, über Berge,
über Wüsten, über Träume.
Immer wartend auf die Kugel des Jägers, das Schnellfeuer der Kalaschnikow
das dein Adlerblut vergießen wird
zwischen den Wolken.

(Sünje Lewejohann)

Iz tranzicije

Na zgradi centrale BH Telekoma, na sarajevskoj Malti
Stoji mesingana ploča s natpisom: „Za nezaborav vječni
Žrtve agresije Za državu Bosnu i Hercegovinu
I grad Sarajevo 1992.- 1995.“

Oko te ploče poredano je sedamdeset manjih
a na svakoj stoji po jedno ime uposlenika
koji su izgubili život braneći poštu
U tri navedene paklene godine.

Na spisku su pretežno islamska imena, ali ima i
Katoličkih i pravoslavnih
A po godinama rođenja dade se zaključiti
Najviše mladića i ljudi zrele dobi
Koji su svoj život dali braneći poštu, to jest državu.

U tijeku je privatizacija BH telekoma:
Jagme se kriminalci, psi rata i stranci
Da kupe tu zlatnu koku – dobit će tko da više
Bez obzira na vjeru i naciju, za to smo se borili.

Čim se izvrši primopredaja
Novi vlasnik će skinuti mesingane pločice,
A fasadu prekriti plavičastim staklom,
Jer zgrada treba izgledati imperijalno,
a on nema nikakvih obaveza.

A ti, dragi čitatelju, uvijek kad osjetiš
Zagonetni šum iz slušalice, znaj da u tom huku
Ječe duše sedamdeset sirotih poštara
Uzaludno pokošenih za domovinu.

Mile Stojić

Aus der Zeit des Übergangs

Am Hauptsitz der BH Telekom im Stadtviertel Malta in Sarajewo
ist eine Messingtafel angebracht mit der Inschrift: „Dem ewigen Gedenken
der Opfer des Angriffs auf den Staat Bosnien und Herzegowina
und die Stadt Sarajewo 1992–1995".

Um sie herum befinden sich siebzig kleinere Tafeln,
auf jeder steht der Name eines der Postbeamten,
die bei der Verteidigung des Gebäudes
während jener drei Jahre ihr Leben verloren.

Auf der Liste findet man vorwiegend islamische Namen, aber auch
katholische und orthodoxe.
Anhand der Geburtsjahre kann man erkennen,
dass überwiegend junge Burschen und Männer im besten Alter
ihr Leben für die Verteidigung des Postamts hingaben, also des Staates.

Nun ist die Privatisierung der BH Telekom im Gange:
Kriminelle, Kriegprofis und Ausländer rangeln
um den Kauf dieser goldlegenden Henne – und wer am meisten bietet,
wird sie bekommen,
ganz gleich welchen Glaubens und welcher Nationalität, und dafür
haben wir gekämpft.

Sobald die Übergabe stattgefunden hat,
wird der neue Eigentümer die Messingtafeln abnehmen lassen
und die Fassaden mit blauschimmerndem dunklen Glas ausstatten,
das Gebäude soll nämlich herrschaftlich wirken,
und Verpflichtungen hat er ja keine.

Und du, lieber Leser, sollst wissen,
wenn du ein seltsames Rauschen im Hörer vernimmst,
dass dieser Hauch die Wehklage siebzig armer Postbeamten ist,
die vergeblich für ihr Vaterland starben.

(Àxel Sanjosé)

Druga smrt bosanske kraljice

Prije dvadesetak godina, kad se spremao rat
Svratio sam u Zemaljski muzej na kavu kod T.-a
Mog prijatelja, koji je tu radio kao kustos-pripravnik
Svratio sam s mojom sestrom, studenticom medicine

Među ostacima plastike s Butmira,
Među zahrđalim rimskim kopljima,
turskim jataganima i oštrim dimiskijama
s kojih je vrijeme izbrisalo krv
Nalazila se hrpa kostiju, s natpisom
„Iz grobnice bosanskih kraljeva".

Moja sestra je tad upitala T.-a:
„Biste li mi mogli na kratko posuditi ovaj primjerak
Jer uskoro polažem Kosti glave,
Čuvat ću je i vratiti nakon ispita". „Uzmi", rekao je
„Ionako nitko u ovoj zemlji ne mari za mrtve"
Dodavši joj najlonsku vrećicu
U koju je spremila lubanju.

Sestra, koja je tad živjela kod mene
noćima je izgledala pomalo sablasno
S lubanjom u ruci, poput
plakatnog Hamleta i Yoricka
Po obliku ovo je bila neka žena, možda princeza
Možda kraljica, rekla je, izgovarajući naglas:
Sphenoid, ethmoid, nasal, lacrimal
I još tuce latinskih naziva
Potrebnih za ispit iz anatomije.

Ja sam toj vapnenoj kugli dodavao kosu, zamišljao
Lice, oči i usta, rekonstruirao ljepotu, pomišljao
Kakve su se u tom koštanom prostoru vodile bitke
Kolike li su se iz tih očnih jama lile suze

Prije no što bi moja sestra kost pohranila u
Kartonsku kutiju od cipela i stavila na vrh plakara.

Uskoro je počeo rat i mi smo u panici napustili stan
Kad smo se vratili u stanu nije bilo ničega
Plakar bez knjiga, i kartonske kutije.

Razbojnici su je uzeli misleći da je u kutiji nakit
Ili novac, pa su je vjerojatno bacili u smeće?
Tako je seljački sin skrivio drugu smrt svoje
Vladarice i princeze, gorko sam se šalio,
Apsurd povijesti i ljudskog postojanja.

Ja sam kršćanin i vjerujem u sudnji dan
Što ću odgovoriti ako me Sabaot bude okrivio
Za drugu smrt bosanske kraljice?

Der zweite Tod der bosnischen Königin

Vor etwa zwanzig Jahren, noch bevor der Krieg ausbrach,
Ging ich ins Landesmuseum, um mit meinen Freund T.,
Kurator auf Probe, einen Kaffee zu trinken,
Meine Schwester, Medizinstudentin, begleitete mich dabei.

Zwischen den Überresten von Plastiken aus Butmir,
Zwischen rostigen römischen Speeren,
Türkischen Yataganen und scharfen Säbeln,
Von denen die Zeit das Blut fraß,
Lagerte ein Haufen Knochen mit dem Vermerk:
„Aus der Gruft der bosnischen Könige".

Meine Schwester fragte T.:
„Könnte ich mir den Schädel da für ein paar Tage leihen,
Bald werden die Schädelknochen geprüft,
Ich bin vorsichtig und geb ihn nach dem Examen zurück."
„Nimm", meinte er, „in diesem Land kümmern die Toten keinen",

Und gab ihr eine Plastiktüte,
In der sie den Schädel verstaute.

Meine Schwester, damals wohnte sie bei mir,
Wirkte in den Nächten ein Stück weit gespenstisch,
So mit dem Schädel in ihrer Hand,
Wie auf einem Plakat bei Hamlet oder Yorick.
Seine Größe lasse auf eine Frau schließen, sagte sie, eine Prinzessin
Vielleicht oder Königin, und deklamierte:
Os sphenoidale, Os ethmoidale, Os nasale, Os lacrimale
Und ein gutes Dutzend mehr lateinische Begriffe,
Die sie für ihr Examen in Anatomie brauchte.

Ich stellte mir die Haare zu dieser Sphäre aus Kalk vor, dann
Ein Gesicht, Augen und Lippen, rekonstruierte die Schönheit, sinnierte,
Was für Schlachten innerhalb dieser Knochen geführt worden waren,
Wie viele Tränen die Augen vergossen hatten,
Bis meine Schwester den Schädel wieder zurück
In einen Schuhkarton legte, den sie auf den Schrank stellte.

Wenig später brach der Krieg aus, in Panik verließen wir die Wohnung
Und als wir zurückkehrten, war sie geplündert,
Der Schrank enthielt weder Bücher noch den Karton.

Die Plünderer vermuteten in seinem Innern wohl Schmuck
Oder Geld – landete er auf dem Müll?
Ich scherzte bitter: So trägt der Bauernsohn Schuld am zweiten Tod
Seiner Herrscherin und Prinzessin –
Absurdität der Geschichte und menschlichen Existenz.

Ich bin Christ und glaube an das Jüngste Gericht.
Was soll ich sagen, wenn mich Zebaot wegen des zweiten Tods
Der bosnischen Königin zur Rede stellt?

(Ron Winkler)

Subota u Döblingu

Proveo sam pet stotina subota u Döblingu
Među imperijalnim alejama secesije
I ništa nisam naučio, osim jednog:
Da je rat agregatno stanje ljudstva, kao led
Što je agregatno stanje vode.
...
Često sam subotom pio vodku sa Zygmuntom
Koji je ponosno pokazivao prstom na Kahlenberg
Gdje je Jan Sobjeski hametice potukao Turke
Profesor filozofije, radio je kao gastajbarter
Na crno i plakao pri spomenu Wojtyłe
Psujući Pana Boga.
...
Poljski kralj i hrvatski soldat
Povremeno bismo šetali kroz Himmelstrasse
Gdje je uoči drugog svjetskog rata
Stanovao Canetti, zapanjeno motreći
Kako se aristokracija pretvara u rulju
I kako se njegovu narodu plete omča
Balkanac, na vrijeme je shvatio
O čemu se radi.
...
Kad sam upitao Zygmunta dolazi li Wisława
Od Wisłe, rekao je: Ne znam odakle ni sam dolazim
Ali znam jedno: tuga izvire is slavenskih voda:
Toplica, Toblich, Töbling, Döbling,
Vodka.
...

Učinilo mi se da na poljskom
Riječ *smrt* zvuči nekako nježnije
Śmierć. Kao šum breza u Katinskoj šumi
Kao akord tuberkuloze
u Chopinovim baladama.
...
Subota u Döblingu
bez Sygmunta, bez mene
Dvije male svijeće što još trepere
U magli Galicije
U tami Bosne.

Samstag in Döbling

Ich verbrachte fünfhundert Samstage in Döbling
Zwischen den kaiserlichen Alleen der Sezession
Und ich lernte nichts, bis auf eins:
Der Krieg ist der Aggregatzustand des Menschen, so wie das Eis
Ein Aggregatzustand des Wassers ist.
...
Oft trank ich Wodka samstags mit Zygmunt
Der stolz mit dem Finger zum Kahlenberg zeigte
Wo Jan Sobieski die Türken vernichtend schlug
Professor der Philosophie, arbeitete als Gastarbeiter
Schwarz und weinte beim Erwähnen von Woityła
Verfluchte Pan Gott.
...

Mile Stojić

Der polnische König und kroatische Soldat
Manchmal spazierten wir durch die Himmelstraße
Wo am Vorabend des Zweiten Weltkriegs
Canetti wohnte, bestürzt beobachtend
Wie die Aristokratie zum Pöbel wurde
Und wie seinem Volk der Strick um den Hals gezogen
Einer vom Balkan, verstand zeitgemäß
Worum es geht.
...
Als ich Zygmunt fragte, ob Wisława von
Wisła stammt, sagte er: Ich weiß nicht, woher ich selber stamme
Aber eins weiß ich: die Trauer entspringt aus slawischen Gewässern:
Toplica, Toblich, Töbling, Döbling,
Wodka.
...
Es schien mir, dass im Polnischen
Das Wort *smrt* irgendwie zärtlicher klingt:
Śmierć. Wie das Rauschen der Birken im Wald von Katyn
Wie ein Akkord der Tuberkulose
In Chopins Balladen.
...
Samstag in Döbling
Ohne Zygmunt, ohne mich
Zwei kleine Kerzen, die noch flimmern
Im Nebel Galiziens
In der Dunkelheit Bosniens.

(Brigitte Oleschinski)

Marko Vešović

Balčak

Čovjek koji nikad nije upoznao patnju nikad
ne može biti pouzdan u sebe, niti može spoznati
sopstvenu vrijednost.
Žozef de Mestr

Mi što smo prošli opsadu Sarajeva
od toga nećemo imati, razumije se, ništa.
Iskustvo koje nam neće ni za šta služiti:
kao da si bez ruku ostao, a violinu osvojio,
kako bi rekao Rasko. Niti ga možeš
drugima ispričati. Zar drevni krčag može se
zamisliti po ručki dospjeloj do našeg vremena?
Treba da sve u duši zabravimo
i da zaboravimo. Ali bar ćemo, nadam se,
odsad imati trun više samopoštovanja
ko bokser koji primi 1 000 000 udaraca
a na nogama ostane i njegovo mu unakaženo
lice iz ogledala kazuje ko je uistinu.
Iskusili smo vlastite granice. Jer znati ko si,
to je uvijek bila privilegija žrtve. Znati
koliko možeš podnijeti, a da se ne razletiš
u paramparčad – to je imetak jedini
koji ćeš, ako preživiš, iznijeti iz ovog rata,
beskrajnog ko marama što je mađioničar
izvlači iz šešira. To znanje – sablja je koju
nećemo potrzati svaki čas iz korica.
Ali bar ja ću držati šaku
na njenom balčaku.

Handgriff

Niemand hat mehr zu bedauern als ein Mensch,
der niemals gelitten hat.
Joseph de Maistre

Wir, die wir die Belagerung Sarajevos durchlitten haben,
haben davon natürlich nichts.
Eine Erfahrung, die wir nicht anwenden können:
als ob du keine Arme hättest, aber eine Violine eroberst,
wie Rasko sagen würde. Noch kannst du anderen
davon erzählen. Wie soll man sich denn einen antiken Krug
vorstellen anhand des Henkels, der heute noch übrig ist?
Das alles wollen wir in unserer Seele verschließen
und vergessen. Aber zumindest werden wir, so hoffe ich,
ab jetzt einen Funken mehr Selbstachtung haben,
wie ein Boxer, der eine Million Treffer abbekommt
und auf den Beinen bleibt und dem sein entstelltes
Gesicht im Spiegel sagt, wer er wirklich ist.
Wir haben unsere eigenen Grenzen erfahren. Denn zu wissen, wer
du bist, war immer das Privileg der Opfer. Zu wissen
wieviel du aushalten kannst, ohne in tausend Stücke
zu zerspringen – das ist der einzige Besitz,
den du, wenn du überlebst, mitnimmst aus diesem Krieg,
der so endlos ist wie das Tuch, das der Zauberer
aus dem Hut zieht. Dieses Wissen – wie Säbel, die
wir nicht ständig ziehen müssen.
Aber zumindest werde ich
die Hand auf dem Griff behalten.

(Brigitte Oleschinski)

Mačka

Kao što jedra naglo klonu pošto se slomi katarka
Dante

Čučnuh na stepeništu da mačku ničiju
nahranim i pomilujem. Oči starije od svijeta –
gledaju u me, davnoprošlog. Kroz glavu sunu
primisao: da si imao i kap sreće, rat ne bi preživio
Al ne da đavo il ne da Bog. Još te nijesam
izmrcvario koliko je gore, u mom uredu,
planirano. Još se nijesam do sita iznasprdao
sa tvojim zanosima.
Mada je svako zlo
i za poneko dobro: sad se u ravnodušju
tuđeg naroda odmaram od preveć zamorne
ljubavi koju je moj narod, odvajkada,
gajio prema meni.

Gledam duboko u oči mačje kao da gledam
daleko na pučinu: prazno je sve odavde
do djetinjstva. Duša je – poharana
crkva svetoga Franje iz Matavuljeva romana.
A živjeti je tugaljivo ko perut na ramenima
starih neženja.
Prazne su i moje noći probdjevene
nad hartijom kao nad teškim bolesnikom.
Gdje god bih krenuo, tamo bi uvijek, po sata
prije mene, stizala uzaludnost.
Život je snomorica sa kamenom pod glavom.
Moji zanosi bijahu smiješni kao hod ljudi
u filmovima nijemim. Sve na svijetu prometnu se
u čelične maljeve koji biju po jedinome
dragulju u mojoj duši.
Kasno je za sve.

Za radost i za očaj. Za smisao i besmisao.
Moje je vrijeme brže od najbržega
glisera krijumčarskog koga ne može stići
ni jedan patrolni čamac. Ostaje mi da hranim
ničije mačke po Sarajevu, s ljudima da pričam
ko kad se kuša propiriti vatra od mokrih drva,
dok lipsava stoljeće u kojem Zlo, kao oltari
za uskrs, širom je dveri raskrililo.

Kada se pomno zagledaš u mačje oči kao
da vidiš daleko do svoga prvog plača. Još dalje.
Do voštanice na odrom vlastitim. Još dalje.
Do zemljanoga humka ne većeg od grbe kamiline.
A živjeti je tužno kao poj slijepoga
štiglića u kavezu. A duša studenija
od monaške ćelije. U njoj se kote istine
ničije kao ulične mačke.
Moji snovi su bili
njegoši s pepeljara. Moji su zanosi
pravedno ismijani. Zanosi slični pjevaču operskome
kog su, u Buhenvaldu, tjerali da pjeva
svoje velike arije
dok premlaćuju logoraše.

Die Katze

So wie die Segel rasch zusammensinken, nachdem die
Besatzung überwältigt ist
Dante

Ich kauerte im Treppenhaus nieder, um niemands Katze
zu füttern und zu streicheln. Augen, älter als die Welt,
schauen mich an, den längst Vergangenen. Durch den Kopf schoss
mir ein Gedanke: Nur ein Fünkchen Glück, dann hättest du den Krieg
nicht überlebt.
Doch entweder will's der Teufel nicht oder Gott. Ich habe dich noch nicht
genug gemartert gemäß dem Plan aus meinem Büro
da oben. Ich habe noch nicht genug gespottet
über deine Begeisterung.
Jedes Übel
hat immerhin auch sein Gutes: nun ruhe ich mich aus in der Gleich-
gültigkeit
des fremden Volkes von der allzu anstrengenden
Liebe, die mein Volk mir von jeher
entgegenbrachte.

Ich schaue tief in die Katzenaugen, als schaute ich
weit hinaus aufs offene Meer: Leer ist alles, von hier
bis zur Kindheit. Die Seele ist – die verwüstete
Franziskuskirche aus Matavuljs Roman.
Das Leben ist so traurig wie Schuppen auf den Schultern
alternder Junggesellen.
Leer sind auch meine Nächte, die ich durchwache
über dem Papier, als handelte es sich um einen Schwerkranken.
Wohin mir auch einfiele zu gehen, eine halbe Stunde
vor mir würde die Vergeblichkeit dort eingetroffen sein.
Das Leben ist ein Alptraum mit einem Stein als Kissen.
Meine Begeisterung war komisch, so wie die Bewegungen der Menschen
in Stummfilmen. Alle Dinge auf der Welt haben sich

in stählerne Vorschlaghammer verwandelt, die auf diesen einen
Edelstein in meiner Seele schlagen.
Es ist für alles zu spät.
Für Freude und für Verzweiflung. Für Sinn und für Unsinn.
Meine Zeit ist schneller als das schnellste Schmugglerboot,
das jeder Küstenwache entkommt. Was mir bleibt, ist
niemands Katze in Sarajewo zu füttern, mit Leuten zu sprechen,
so wie wenn man versucht, Feuer zu machen mit feuchtem Holz,
während ein Jahrhundert verstreicht, in welchem das Böse
seine Flügel weit ausgebreitet hat, wie ein Altar zu Ostern.

Wenn du aufmerksam in die Katzenaugen schaust,
so als wenn du bis hin zum ersten Weinen sehen könntest. Und weiter noch.
Bis hin zur Kerze an der eigenen Bahre. Und weiter noch.
Bis hin zum Erdhügel, der nicht größer ist als ein Kamelhöcker.
Das Leben ist traurig wie der Gesang eines blinden
Distelfinks im Käfig. Und die Seele kälter
als eine Mönchszelle. In ihr vermehren sich niemands
Wahrheiten wie die Straßenkatzen.
Meine Träume waren
wie der Dichter Njegoš als Dekor am Aschenbecher. Meine Begeisterung
wurde zurecht verspottet. Sie ähnelte der Begeisterung eines Opernsängers,
der in Buchenwald gezwungen wurde,
seine großen Arien zu singen,
während man die Häftlinge verprügelte.

(Àxel Sanjosé)

Nauči me Vordsvort tome

Nauči me Vordsvort tome:
Da sjen lovim ptica Anki
Iz sna crnih muslimanki
U muslinu bijelome

Darežljivo što nam daju
Preozbiljne osmijehe,
Hitlerovske dok lijehe
Ulicama marširaju,

Osmijehe koji vele:
Što je dušu uznosilo
Iznad gliba – Bog je bilo,
Il Bog, ili za njim lelek,

Osmijehe kojim tmica
Moja prosja od istine:
Čekao sam da mi mine
Život kao kijavica.

Wordsworth unterwies mich darin

Wordsworth unterwies mich darin
Die Schatten der Anka-Vögel zu fangen
Aus Träumen der schwarzen Muslima im langen
Schneeweißen Mousselin

Nobel, die uns spendieren
Die melancholischen Arten zu lächeln
Während Hitlers Pflanzungen hecheln
Und auf den Straßen marschieren

Arten zu lächeln, die sagen:
Was hob die Seele empor aus dem Müll
Und was Gott, entweder – oder, Gebrüll
nur nach Gott, lautes Klagen.

Arten zu lächeln, in denen mein Dunkel
Von Wahrheit durchstrahlt ward.
Ich wartete drauf, dass mein Leben so zart
Wie ein Schnupfen vergeht im Gemunkel.

(Kathrin Schmidt)

Marko Vešović

Was mir Wordsworth beibrachte

Wordsworth brachte mir bei,
die Schatten des Simurgh zu fangen, die Vögel
aus den Träumen einer schwarzen Muslima
in weißem Chiffon.

Der Edelmut derer, die uns
ein ernst gemeintes Lächeln schenken,
während Hitlers Truppen
furchtbare Furchen sind auf den Straßen.

Ein Lächeln, das sagen will:
was die Seele über den Schlamm
erhob – war Gott,
entweder Gott oder hinter ihm der Schrei.

Ein Lächeln, das meine Dunkelheit
mit Strahlen von Wahrheit durchdringt:
Ich wartete, dass mein Leben
vorübergeht wie ein Schnupfen.

(Ron Winkler)

Izveče liježeš u postelju

a znaš da zalud liježeš: sjutra ćeš ustati izmoždeniji
no kad si legao. Izjutra ustaješ iz postelje,
zglobova ukočenih, a znaš da zalud ustaješ:
minuli čeka te dan, sa jučerašnjim stresovima,
s prekjučerašnjim poniženjima, s nakjučerašnjim očajem.
Ova opsada ne traje dvije godine,
već jedan (tje)dan, kome svršetka nema.

Od ovog, čini mi se, jedino moglo bi
da me odmori more. A ko zna hoćemo li ga
vidjeti više ikad? Hoću li ikad više
da stanem na hridine, gdje su vazdušne struje
toliko jake da ti se bačena kapa natrag vraća?!

Ali ne čeznem, ovaj put, za morem sa mesnatim
listovima agava u koje imena
ljubavnika su urezana. Za maslinama izuvijanim
grčevito kao zeleni laokooni. Za klobucima
meduza što sliče svilenome čadorju iz skaski
istočnjačkih. Ne čeznem za ubavim
jednoličjem valovlja koje pjesnik poredi
s metrikom Homerovom. Ne čeznem za tom tintom
kojom se mogu ispisati milijarde
i milijarde *Ilijada* i *Odiseja*.

Ja čeznem za onom tugom
što te obuzme zagledanog u vječno plavetnilo
i zaslušanog u mrmor te vječnosti.
Za tugom koja ti kaže da opet imaš dušu.

Ne možda ni za tugom. Već čeznem za onom divnom
melemnom prazninom.

Uroniti dušu u prazno koje te odmara.
Liječi. Pomlađuje. Satima zuriti, ni u pučinu,

ni nad pučinu, već – 'nako! Po bosanski.
I ne vidjeti ništa. A opet vidjeti sve.
I tako sate, dok ne zaboraviš i šta si i gdje si
i odakle si i kako ti je ime.
Jedino znaš da su u tebi – milje i milje praznine.
I da je morsko prostranstvo iz tebe isisalo
stoljeća sva, do Adama. Sinja praznina pukla
do konca svijeta i, unatraške, do njegovog početka.
I pojmiš. Ma šta – pojmiš?! Osjetiš na nepcima:
koja će milina zavladati poslije Sudnjega dana.
Sve biće vječno, a opet Sve će se istrijeti,
kao sa školske ploče djetinja žvrljotina.
Ne! Nego *u plavi bljesak svijet će da iščezne*,
a čista slast će da ostane. I kušaš unaprijed,
barem kavenom žlicom, blaženstvo vječito
u koje će da se raziđe svijet.

Am Abend legst du dich in das Bett

und du weißt, es ändert sich nichts: morgen wirst du erschöpfter sein
als du es heute bist. Du stehst am Morgen mit
steifen Gelenken auf, du weißt, es ist zwecklos:
Der vergangene Tag wartet noch immer auf dich, der Stress von Gestern
die Erniedrigungen von Vorgestern, die Verzweiflung von Vorvorgestern.
Diese Belagerung lässt sich nicht in Jahren messen,
sie ist ein einziger Tag, der kein Ende hat.

Nur das Meer allein, so scheint es mir, kann mich von all dem heilen.
Aber wer weiß schon, ob wir es
jemals wieder sehen? Ob ich wieder auf den Klippen
stehen werde, wo der Wind so stark ist,
dass die geworfene Mütze zu dir zurückkommt?!

Aber dieses Mal ist es nicht die Sehnsucht nach den fleischigen Blättern der
Agave, in die man die Namen von
Liebenden ritzt. Auch nach den Olivenbäumen nicht, die sich krampfhaft
verschlängeln wie die Arme eines grünen Laokoons. Nach den Schirmen der
Quallen nicht, die aussehen wie seidige Zelte
aus orientalischen Märchen. Ich habe keine Sehnsucht nach
der schönen Monotonie der Wellen, die der Dichter vergleicht
mit der Metrik Homers. Ich habe keine Sehnsucht nach jener Tinte
die Milliarden und Abermilliarden
Odysseen schreiben könnte

Doch ich habe Sehnsucht nach dieser Trauer
die dich erfasst, wenn du in das endlose Blau schaust
wenn du auf das Rauschen der Ewigkeit lauschst
Nach jener Trauer, die dir sagt, dass du wieder eine Seele hast.

Vielleicht ist es auch nicht die Trauer. Vielleicht ist es die Sehnsucht nach
dem wunderbaren Balsam der Leere.

Die Seele versinken lassen in einer Leere, die dir Erholung bringt.
Dich heilt. Verjüngt. Stundenlang Starren, aber nicht auf das offene Meer,

nicht über das offene Meer, sondern – einfach so! Bosnisch.
Und dabei nichts sehen. Und trotzdem alles sehen.
Stundenlang bis du vergisst was du bist und wo du bist
und woher du kommst und wie du heißt.
Du weißt nur, dass in dir Meilen über Meilen der Leere sind.
Und dass die Weite des Meeres alle Jahrhunderte aus dir gesogen hat,
bis hin zu Adam. Eine schwarzblaue Leere, die sich
bis an das Ende der Welt streckt und zurück an ihren Anfang.
Und du verstehst. Was heißt – verstehst?! Du schmeckst es im Gaumen:
was für eine Wonne nach dem Jüngsten Tag herrschen wird.
Alles wird ewig sein, und alles wird weggewischt sein,
wie Kinderkritzeleien von der Tafel.
Nein! Denn *im blauen Leuchten wird die Welt entschwinden,*
und der reine Genuss wird bleiben. Und du kostest vorher schon davon,
wenigstens ein Teelöffelchen voll der ewigen Seligkeit
in die die Welt verrinnt.

(Sünje Lewejohann)

Abends legst du dich ins Bett

und weißt genau, es ist vergeblich: Morgen wirst du erschöpfter aufstehen,
als du dich hingelegt hast. Am Morgen verlässt du das Bett
mit erstarrten Gelenken und weißt genau, es ist vergeblich:
Der vergangene Tag wartet auf dich mit dem Stress von gestern,
mit den Erniedrigungen von vorgestern, mit der Verzweiflung von
vorvorgestern.
Diese Belagerung dauert nicht zwei Jahre,
sondern einen Werktag ohne Ende.

Davon, so scheint mir, könnte allein
das Meer mich entlasten. Aber wer weiß, ob wir
es jemals wiedersehen? Ob ich jemals wieder
auf den Klippen stehen werde, wo die Böen so stark sind,
dass die Münze, die du wirfst, zu dir zurückkehrt?!

Doch ich sehne mich diesmal nicht nach den fleischigen
Blättern der Agave, in welche die Namen
von Liebenden geritzt sind. Nach den Olivenbäumen, vielfach
gewunden wie grüne Laokoon-Figuren. Nach den Schirmen
der Quallen, die seidenen Zelten
aus orientalischen Märchen ähneln. Ich sehne mich nicht nach dem
schönen Gleichmaß der Wellen, die der Dichter vergleicht
mit der Metrik Homers. Ich sehne mich nicht nach dieser Tinte,
mit der Milliarden und Milliarden
Iliaden und *Odysseen* geschrieben werden könnten.

Ich sehne mich nach jener Trauer,
die dich erfasst, wenn du in das ewige Blau schaust
und dem Rauschen dieser Ewigkeit lauschst.
Nach der Trauer, die dir sagt, dass du wieder eine Seele hast.

Vielleicht auch gar nicht nach der Trauer. Ich sehne mich eher nach jener
herrlichen wohltuenden Leere.

Marko Vešović

Die Seele eintauchen in die Leere, die dich stärkt.
Die dich heilt. Die dich verjüngt. Stundenlang starren. Nicht aufs offene
Meer, nicht übers offene Meer, sondern – einfach nur so. Auf bosnische Art.
Und nichts sehen. Und trotzdem alles sehen.
Und so stundenlang, bis du vergisst, was du bist und wo du bist
und woher du kommst und wie du heißt.
Du weißt nur, dass in dir Meilen und Meilen der Leere sind.
Und dass die Weite des Meeres alle Jahrhunderte aus dir gesaugt hat,
bis zurück zu Adam. Schwarzblaue Leere erstreckt sich
bis zum Ende der Welt, und auch umgekehrt, vom Anfang weg.
Und du begreifst. Aber was heißt: begreifst? Du fühlst es am Gaumen:
Welche Seligkeit sein wird nach dem Jüngsten Gericht.
Alles wird ewig sein, und trotzdem wird alles gelöscht sein,
wie Kindergekritzel von einer Schultafel.
Nein! Sondern es wird *im blauen Leuchten die Welt entschwinden*,
und der reine Genuss wird übrig bleiben. Und du kostest sie schon vorher,
wenigstens einen Teelöffel davon: die ewige Seligkeit,
in die sich die Welt einst auflösen wird.

(Àxel Sanjosé)

Ima još trenutaka

Ima još trenutaka
kad sveden svijet nije
na *svotu strahota*.

Kada ne pije vodu s vrutaka
no vjeru da u kucanju žuna
njegovo djetinje srce još bije.

Kad su čempresi poput slikarskih kistova.
Kad su nebesa prepuna
zvjezdica za milijarde fusnota

a mjesec, uoči roždestva Hristova,
nalik je miletskoj moneti
sa Sapfinom glavom.

Kad zrika šturaka,
iz stotinu njegovih prošlosti, odzvanja
svijetloplavo.

Kad na lice njegovog djeteta usnulog sleti,
kao mjesečeva zraka,
sva veličina bivstvovanja.

Es gibt noch Momente

Es gibt noch Momente,
in denen die Welt
nicht die *Summe aller Schrecken* ist.

Wo ich nicht Quellwasser trinke,
sondern Hoffnung, und wo, während Spechte klopfen,
mein kindliches Herz noch schlägt.

Wo die Zypressen wie Pinsel sind.
Wo der Himmel überquillt
von Myriaden von Fußnoten: Sternen.

Und wo der Mond am Vorabend von Christi Geburt
der miletischen Münze mit dem Kopf
der Sappho gleicht.

Wo das Zirpen der Grillen
aus meinen hunderten Vergangenheiten hellblau
widerhallt.

Wo die ganze Größe des Daseins wie ein Mondstrahl
auf das Gesicht
meines schlafenden Kindes scheint.

(Ron Winkler)

Besmrtan tren

Na prijelazu uličnom dejstvuje snajperist.
Dvije djevojke, zadihane od pretrčavanja.
Iz njih bije vrelina, mirisna, kao iz rublja
svilenog, koje se pegla. U jedne, nije frizura
već naježeno božićno žito. Praska, bjesni i psuje
snajperiste: pričinja mi se da kroz prozor
krasnu oluju gledam!
U druge, riječi prijatne
ko lepet suncobrana, izjutra, na plaži budvanskoj.
Trzajem, povremeno, zabaci kosu. Zbog nas.
Jer zna: kad god je zabaci, duga će kosa da zamiriše.
Ljepotica. Ali od onih koje nikada ne propuste
da ti se nasmiješe. I raskošno i škrto.
Dovoljno raskošno da bi te usrećile. Dovoljno škrto
da njih ne košta ništa. Smiješak njihov ti javlja
da za njih nisi stvar među stvarima.
Možda čak da bi htjele sa tebe skinuti čini
ako te leden pogled ženski u predmet već pretvorio.

U zraku snažno zamirisa na moju davnu mladost
kad je moj vijek bio kao Kumova slama dugačak
a svaka aleja vodila do na kraj svijeta.
Kad je duša umjela, čak i u pustinji,
raspjevati se kao papljanska žetelica.
I kad život još nije bio *otrcan ko poslovica.*

Odoše, čavrljajući, a u meni ostavile su nježnost
kakva te obuzme kad dugo gledaš nebesa
u kojima se snježne pahulje roje.
Odoše. Ne dvije djevojke,
već dva lahora, pirnula iznenadno
kroz žegu opsade.
Ilinsku žegu postojanja.

Marko Vešović

Unsterblicher Augenblick

Am Zebrastreifen dient der Heckenschütze.
Zwei junge Frauen, atemlos vom Rennen.
Aus ihnen pulst die Hitze, duftend, wie aus gebügelter
Seide. Das Haar der einen wie Ostergras. Sie tobt und wütet
und verwünscht die Sniper: mir ist als sähe ich durchs Fenster
einen wunderbaren Sturm!
Der andern Worte angenehm
wie ein flatternder Schirm, morgens am Strand von Budva.
Mit einem Ruck wirft sie das Haar nach hinten. Unsretwegen.
Sie weiß: wie immer sie es wirft, das lange Haar wird duften.
Eine Schönheit. Doch eine von denen, die es nie versäumen
dich dabei anzulächeln. In Pracht und Geiz.
Prächtig genug, dich glücklich zu machen. Geizig
genug, daß es sie nichts kostet. Ihr Lächeln sagt dir,
daß du für sie keine Sache unter Sachen bist.
Vielleicht würde sie dir den bösen Zauber nehmen
wenn dich kalter Frauenblick schon in ein Ding verwandelt hat.

Die Luft roch stark nach meiner fernen Jugend
als mein Leben lang wie die Milchstraße war
und jede Allee ans Weltende führte.
Als die Seele noch wußte, auch in der Wüste
zu singen wie die Schnitterin aus Pape
als das Leben noch kein *abgedroschnes Sprichwort* war.

Sie enteilten, plaudernd, und ließen mir eine Zärtlichkeit
die dich erfaßt, wenn du lange in den Himmel schaust
in welchem Schneeflocken schwärmen.
Sie enteilten. Nicht zwei junge Frauen
sondern Brisen, überraschend aufgewirbelt
von der Hitze der Belagerung.
Seinshitze um den Eliastag.

(Richard Pietraß)

Der unsterbliche Augenblick

Über dem Zebrastreifen wartet der Heckenschütze.
Zwei junge Frauen, außer Atem vom Rennen.
Aus ihnen pocht die Hitze, duftend, wie aus der Seidenwäsche,
die gebügelt wird. Bei der einen ist es keine Frisur,
sondern stacheliges Winterstroh. Sie tobt, wütet und verflucht die
Heckenschützen: durch das Fenster scheine ich
einen wundersamen Sturm mitanzusehen!
Bei der anderen, die Worte so angenehm
wie das Flattern eines Sonnenschirms, morgens, auf dem Strand von Budva.
Mit einem Ruck, manchmal, wirft sie das Haar nach hinten. Unseretwegen.
Denn sie weiß: wie auch immer sie es nach hinten wirft, das lange Haar duftet.
Eine Schönheit. Aber eine von denen, die niemals versäumen
dich anzulächeln. Strahlend und geizig.
Strahlend genug, um dich gücklich zu machen. Geizig genug
damit es sie nichts kostet. Ihr Lächeln meldet dir
dass du für sie nicht bloß ein Ding unter Dingen bist.
Vielleicht würden sie gerne den bösen Zauber von dir nehmen
mit dem dich ein eisiger Frauenblick einst in ein Ding verwandelt hat.
Die Luft roch stark nach meiner fernen Jugend
als mein Leben so lang wie die Milchstraße war
und jede Allee bis ans Ende der Welt führte.
Als die Seele noch in der Wüste singen
konnte wie die Erntehelferin aus Pape.
Und das Leben noch nicht so abgedroschen war wie ein Sprichwort.
Sie gingen davon, schwatzend, und in mir ließen sie jene Zärtlichkeit zurück
die dich erfasst wenn du lange in den Himmel blickst
in dem sich die Schneeflocken mehren.
Sie gingen davon. Nicht zwei junge Frauen
sondern zwei Brisen, die überraschend durch die Hitze
der Belagerung fegten.
Die Hitze des Seins am St. Elias-Tag.

(Brigitte Oleschinski)

U plač briznuti

Iziđoh u život. Ili nešto slično.
U tim šetnjama, što sve manje
bivaju nalik javi,
kad u meni se prene
onaj što svojim koracima smanuje rastojanje
između mene i mene –
razbole mi se oči:
s lakoćom mogu u ući
u sve iz čega sjeta, kao plavi
plamičak, sjeta iskonska, liže.
Tugovanje, pomalo bezlično,
kao kad čežnjivo gledaš ka kući
gdje stanovao si davno.
U tim šetnja znam biti tavno,
ko gračanički monah, skroman,
i kao da svaki put kročim
samome sebi maličak bliže.
A kad se vratim doma
u meni tušta pečali se tići.
Bojim se: jednom ću, u tim
šetnjama, istinskog sebe stići
i u plač briznuti.

In Tränen ausbrechen

Ich ging hinaus ins Leben. Oder so ähnlich.
Ich spaziere auf Wegen, die immer weniger
der Wirklichkeit ähneln
weil in mir einer aufschreckt
der mit seinen Schritten die Entfernung verringert
zwischen mir und mir –
und davon schmerzen mir die Augen:
ich kann leicht hineingehen
in alles aus dem die Wehmut, die Urwehmut,
wie ein blaues Flämmchen züngelt.
Das Trauern ist ein wenig unpersönlich,
so als ob du voller Sehnsucht auf ein Haus schaust
in dem du vor langer Zeit mal lebtest.
Auf diesen Spaziergängen bin ich düster,
wie der Mönch aus Gračanica, genügsam,
und als würde ich jedes Mal stolzieren
mir selbst ein wenig näher.
Und kehre ich dann nach Hause zurück
wird die große Trauer in mir größer
Ich fürchte: eines Tages werde ich auf
diesen Wegen meinem wahren Ich begegnen
und in Tränen ausbrechen.

(Sünje Lewejohann)

Po Josifu Brodskom

Sve tvoje sad bez šuma gine,
Van svih snova i java,
Preljo s vretenom što praznine
Zlatnu nit namotava.

Čini se ko da iza reze
Apsenske sve si snio
I jedino je odraz breze
U jezeru – tvoj bio.

No grka slast je kada krenu
Iz prazne duše rime
Da sve je ljudsko samo ime
Na staklu zamagljenu.

Življenje ti je bilo posno
Mada još pamtiš dane
Kad Ne i Da su istog rosnog
Jasmina bili grane.

I samo jedno, zemna mrvo,
Odozgo ti je dato:
Pred odlazak, duša ko drvo
Jesenje, pređe u zlato.

Iz tog utješno svjetlo sviće:
Do konca tvojih dana
Tvoja vjerna sluškinja biće
Ta pustoš raspjevana.

Nach Joseph Brodsky

All das deine stirbt geräuschlos hin,
Außerhalb von Traum und Wirklichkeiten,
Mit der Spindel spult die Spinnerin
Still den goldnen Zwirn der leeren Zeiten.

Es scheint, als ob Du hinterm Zellenriegel
Das alles nur geträumt und nicht erlebt hast,
Und einzig noch die Birke dort im Spiegel
Des Sees sei deins, in Widerschein gefasst.

Dennoch ist es nichts als Bitterwonne,
Die Reime aus dem Vakuum der Seele
Herauszulassen. So bleibt nur Schablone,
Was menschlich ist. Gespiegelte Querele.

Wie Fasten ging das Leben durch die Jahre,
Doch du entsinnst dich, wie am selben Baume,
taufeucht, es war Jasmin, verzweigte Paare
von Ja und Nein sanft schaukelten im Raume.

Und nur ein einziges kam dir von oben,
Du Erdenkrümel, du warst fast schon fort:
Wie kurz vorm Abschied, ganz in Gold verwoben,
die Seele als ein Herbstbaum sank ins Dort.

Von da strahlt aus dem Dämmer dir das Trostlicht
Ans Ende Deiner abgezählten Tage:
Sie wird da stehn in letzter, treuer Dienstpflicht,
die Ödnis, singend, ohne Zwischenfrage.

(Kathrin Schmidt)

Marko Vešović

Nach Joseph Brodsky

Alles Deine stirbt geräuschlos
Außerhalb von Tat und Traum.
Die Spinnerin des goldnen Wollknäuels
Spult zurück den Lebensbaum.

Scheint es dir, daß hinterm Knirschen
Des Festungsriegels du geträumt
Hat allein der Riß der Birke
Dir sein Spiegelbild gesäumt.

Bitterste der Wonnen kamen
Wenn Reim aus leerer Seele floß
Menschliches nur als ein Name
Auf beschlagnes Glas sich goß.

Leben war dir Fastenstrecke
Dennoch denkst du noch der Tage
Als Ja und Nein in selber Hecke
Des Jasmins verborgen lagen.

Und nur eines, Erdensplitter
Wurde dir von Gott gegeben:
Daß zum Schluß der Seele Blätter
Wie das Herbstlaub Gold einweben.

Aus ihm schimmert dir das Trostlicht
Bis ans Ende deiner Tage.
Treu dir beistehn wird in Moospflicht
Die singende Öde der Brache.

(Richard Pietraß)

Pipanje u magli

Njihajima kazuje nam klatno
Da svi slavno bijasmo zaspali
Ko prinčevi u bešici zlatnoj
A iz sna se prenuli u štali.

Ta misao (dužan si je snima)
Gotovo je kao groma udar:
U rudniku sa dijamantima
Na Cejlonu – svak je slijep rudar.

Stariji je od svih naših snova
Taj tren, smisla pun, ma i nijemog,
Prije no što počnemo da snőva
Svoje laži u bronzu lijemo.

Bez i mrve vjere u nastavak
S onu stranu, k jami se korača.
Da je imam, moja bi zastava
Bila rumen, nad Prenjem, oblačak.

Nek bar prođe žena čije čini
U duši ti bude iste boli
Ko paraporca zvon koji se proli
Po snijegu i na mjesečini.

Da ispričam bar bakarnom boru
Tren kad, dušo, bivala si puna
Od odsjaja zore u prozoru
Katedrale svetoga Tripuna.

Da pod suncem, bijele, blažene,
Na obali griju mi se kosti
Dok Lim šumi. Al ne zbog mene.
Ni zbog sebe. Nego zbog vječnosti.

Da, dok gledam sa rodnoga klisa,
Sveg iznutra slutnje me ozare:
Ako život pojmio i nisam
Mogoh mu se pokoriti barem.

Jer kasno je dušo, sve se bojim,
Da u nešto bolje te prečini
Onaj cvijet iz Slovackog koji
Kâd prosipa tek na mjesečini.

Vom Berühren im Nebel

Das Pendel spricht zu uns mit seinem Schwingen
Wie grandios wir schließlich eingedöst sind
Wir Wiegenprinzen unterm goldnen Klingen
Erwacht sind wir im Stall und Kind an Kind.

Die Fiktion (dem Traum ist sie geschuldet)
Hat etwas von einem Donnerschlage:
In Ceylons Diamantenminen duldet
Man Blinde nur als Knappen unter Tage.

Er ist jetzt greisenhafter als das Träumen
Der Augenblick voll Sinns, auch stummer Dinge,
Noch ehe wir beginnen, Traumes Schäumen
Den Bronzeguss der Fälschung aufzuzwingen.

Kein Fünkchen Hoffnung ist hier auszumessen
Ins Jenseits, in die Grube schreiten wir.
Wär Hoffnung in mir, würd ich Flagge hissen
Rot überm Prenj, ein Wolkensouvenir.

Ach käm mit ihrem Zauber jenes Mädchen
Das gleichen Schmerz erweckt in deiner Seele
Wie auch das Klingeln dieser Glockenrädchen
Auf Schnee unter der Mondscheinparallele.

Auf dass ich wenigstens der Kupfertanne
Erzähle vom Moment im Seelenstrom
Vom Schein der Wiese in der Dämmerspanne
Am Fenster des Tryphon in seinem Dom.

Weiß und selig unterm Sonnenjoch,
Meine Knochen wärmen sich am Strand
Es rauscht der Lim. Doch nicht um meinet- noch
Um seinetwillen. Für den Fortbestand.

Ja, von der Klippe der Geburt nach unten
Zu schaun ins Licht der innren Zweifelsfälle:
Das Unbegriffne hat mich festgebunden,
Gefügt dem Leben in der Menschenzelle.

Ist´s, Seelchen, spät, so macht die Angst mich schmal,
Du seist zu etwas Besserem gedacht
Von jener Blume vom Slovackital
Die Duft ausstreut erst in der Mondscheinnacht.

(Kathrin Schmidt)

Stevan Tontić

Nepokolebljivi suveren
(ispovijest jednog samodršca)

Sjedim na tronu sred zgarišta,
u definitivnoj tišini –
pokolj na pokolj – mir vlada.
Moje kraljevstvo je uništeno,
sam pepeo – sušto ništa,
upravo već besprostorno,
al' u slavi bezgranično!
Preseljeno u dušu kralja –
kraljevstvo sam ja lično!

Konačno se istrijebiše
vrli podanici i dična plemena.
Preživjeli otpad šmugnu na Zapad,
koji ga je i zaluđivao
„demokratijom“ i „pravom“,
pobunom, smrću suverena.

Tron mi se kupa u krvi
i pepelu, stojeć ko prikovan
na kostima zavjerenika.
Ovim je kruna zauvijek osigurana,
kraljevstvo mrtvih i nebesnika.

(Nikakvih stranačkih prvaka
ni plaćeničkih klika!)

Zavidni stranci laju li laju,
a ja tek sad bez biča vladam,
u najskupljem, svetom miru,
sa žezlom u punom dostojanstvu,
s krunom u neokrnjenom sjaju.

(Mogu dakle da brišu dupe
tim što se danonoćno štanca
protiv satrapa-samozvanca!)

Od težine i sjaja krune
kadšto me i samog strah hvata
sred ovog mrtvila i mraka –
nisam li joj i ja suvišan?

Al' ovdje svako pitanje gasne,
sabran sam ko na smrt osuđeni
i kao monah stišan –
kruna je od leptira lakša,
žezlo od sunčanog zraka!

Der standhafte Herrscher
(Das Geständnis eines Despoten)

Inmitten von Ruinen sitze ich auf meinem Thron,
in der absoluten Stille
Gemetzel nach Gemetzel – aber jetzt herrscht Frieden –
Mein Königreich vernichtet
ist nur noch Asche – ein bedeutsames Nichts,
ist geradezu raumlos,
aber voll endlosem Ruhm!
Bin in die Seele des Königs gezogen
und das Königreich bin ich!

Endlich rotteten sie sich aus
die ehrenhaften Untertanen, die stolzen Stämme.
Der überlebende Abschaum floh in den Westen,
und ließ sich dort irremachen vor lauter
„Recht“ vor lauter „Demokratie“
Rebellion, beim Tod des Herrschers.

Mein Thron schwimmt in Blut
und Asche, steht wie festgeschraubt
auf den Knochen der Verschwörer.
So ist die Krone auf ewig sicher,
mein Königreich der Toten und der Himmlischen.

(Keine Parteibosse mehr
keine bestochenen Proteste!)

Die neidischen Ausländer kläffen und kläffen
und ich regiere erst jetzt ohne Peitsche,
im teuersten, heiligen Frieden,
mit Zepter in voller Würde,
mit der Krone voll unberührtem Glanz.

(Mit dem täglichen Druckwerk
gegen den Despoten – den selbsternannten!
können sie sich den Arsch abwischen)

Vom Gewicht und Glanz der Krone
packt mich manchmal selbst die Angst
inmitten der Lethargie und Düsterheit
ob sie auch mich vielleicht nicht braucht?

Aber dann erlischt die Frage
bin gefasst wie ein todgeweihter
und still wie ein Mönch
die Krone ist leichter als ein Schmetterling,
das Zepter ist aus Sonnenstrahlen!

(Sünje Lewejohann)

Vjerna zvijezda

Za tamnih noći, iz grotla modrine,
kroz krošnju iznad susjednoga krova,
mala mi zvijezda u prozor sine.

Čiji li si znak, milosni stvore?
Umrle majke? Moje brižne žene?
Izgubih je putem, hajkom već smoren.

Ili si duša dragog prijatelja,
srodstvu po izboru dokraja vjerna?
(Samo da nije ni klan ni strijeljan!)

Ćuti zvijezda na prozoru mome,
kao da jedino nada mnom straži
u zaspalom selu njemačkome.

Ne znam ni na čijem krovu sjedi,
s kog pilji, nišani – jednocjevka.
Zvijezda-špijunka? Gledi li gledi!

I ja netremice u nju zurim,
pitam je za žive i mrtve moje,
dok zorom mokar u san ne zagnjurim.

Kao pas je vjerna: ta i sred jutra
žmirka vrh krošnje... blijed već znak.
Ona – nada moja, moj svijetli strah.

Der treue Stern

In dunklen Nächten taucht aus kratertiefem Blau
durch Baumkronen und über Nachbardächer scheinend
ein kleiner Stern mir dort am Fenster leuchtend auf.

Wer sendet mir dies Zeichen, freundliches Geschöpf?
Ist's meine Mutter? Oder meine liebe Frau?
Verloren hab ich sie, von Flucht und Not gehetzt.

Oder du wärest eines guten Freundes Seele,
die treu unsre Verbindung hält durch Jahr und Tag?
(mög' er nur Gewalt und Massenmord entgehen).

Der Stern an meinem Fenster schweigt jedoch hinfort,
als würde reine Hoffnung über mich nur wachen
in diesem kleinen und verschlafnen deutschen Dorf.

Ich weiß auch nicht auf welchem Dach, auf welchem Haus
er sitzt und starrt und zielt – durchs Fernglas des Gewehrs.
Ist's denn ein Stern-Spion? Er schaut und schaut und schaut.

Und ich fixiere ihn, ohne auch nur zu blinzeln,
und frag ihn nach den Meinen: den Lebenden, den Toten.
bis nass ich in den Schlaf bei Morgengrauen sinke.

Treu ist er wie ein Hund: selbst spät am nächsten Morgen
funkelt's noch durch den Baum... das Zeichen ist schon blass.
Mein Stern, mein Hoffnungslicht und meine helle Angst.

(Àxel Sanjosé)

Stevan Tontić

Der treue Stern

Nach dunklen Nächten, aus dem Krater des Blaus
durch die Baumkrone überm Nachbardach
zieht ein kleiner Stern am Fenster auf.

Wessen Zeichen bist du, liebliches Wesen?
Der toten Mutter? Meiner Kummerfrau?
Ich verlor sie, auf der Flucht vorm Bösen.

Oder bist du Seele eines lieben Freunds
wahlverwandt bis zum Ende?
(Mag er nur nicht geschlachtet oder erschossen sein!)

Es schweigt der Stern hinterm Fensterglas
als ob einzig für mich er Wache stünde
in dieses deutschen Dorfes Schlaf.

Ich weiß auch nicht, auf welchem Dach er sitzt
von welchem er starrt und zielt das Gewehr
ein Sternspion? Der sieht und zusieht, gewitzt?

Ich starre ihn an, ohne zu blinzeln
frag ihn nach meinen Lieben und Toten
bis ich im Morgengrauen schweißnaß die Schlaftür finde.

Treu wie ein Hund ist er, mitten im Morgen
bleich flimmernd auf der Baumkronenspitze.
Meine Hoffnung, meine angstweiten Augenschlitze.

(Richard Pietraß)

Kralj pustinje

Posljednji čovjek, evo se zakraljih
u neprobojnom carstvu samoće.
Onaj sam što sve zločine
na prebijena leđa prti.
Ja sam i crta i zbir.

Ispaštam u srcu pustinje,
zavjetovan nebu i smrti.
Sa mnom ćete imati mir.

Ostavio sam i rod i grad
radi tišine i jasnog zvuka.
Vodi me žmirkava zvijezda,
nevidljiva me vodi ruka.

S korotnom krunom na glavi
čekam da Duh na me siđe
i sav zločin – vazduh drhti! –
u žeđani pijesak splavi.

Stevan Tontić

Wüstenkönig

Letzter Mensch, gekrönt zum König
im Dschungelreich der Einsamkeit.
Bin ich der, der die Verbrechen
sich auf gebrochnen Rücken lädt.
Strich bin ich, zugleich die Summe.

Des Himmels Beute und des Todes
büße ich im Wüstenschoß
werd ich euer Friede sein.

Stamm und Stadt hab ich verlassen
um Stille und den reinen Klang.
Es leitet mich der Zitterstern
leitet mich die ferne Hand.

Die Trauerkrone auf dem Schweißrand
wart ich auf den Himmelsgeist
Es bebt die Luft! und alles Böse
fortgespült im Schwamm des Sands.

(Richard Pietraß)

Der König der Wüste

Ich war der letzte Mensch, so wurde ich König
im unwegsamen Reich der Einsamkeit.
Alle Verbrechen nehm ich als Bürde,
und mein Rücken ist gebrochen:
Ich bin Schlussstrich und Betrag.

Büßend geh ich in die Wüste,
bin dem Himmel, dem Tod versprochen,
Friede mit mir kommen mag.

Ich hab die Stadt und die Meinen verlassen
für Stille und reinen Klang.
Mich leitet dabei ein funkelnder Stern,
unsichtbar leitet mich eine Hand.

Die Krone der Trauer setzte ich aufs Haupt,
auf dass Der Geist sich bald herabneigt
und alles Verbrechen – jetzt zittert die Luft –
der dürstende Sand in sich saugt.

(Àxel Sanjosé)

O što si proslavljen, Gospode

Miodragu Pavloviću

O što si proslavljen, Gospode,
u velikom i u malom –
elemenata cijelom skalom,
u ogledima vatre i vode.

O što si proslavljen, Gospode,
životinjom svojom i biljkom –
zmijom pa koprivom pa bosiljkom...
blizanci tek kad se rode!

O što si proslavljen, Gospode,
jezicima hladnim i vrućim –
mlaki se vraćaju kući
dok ove iz kreveta vode.

O što si proslavljen, Gospode,
u djevama mudrim i ludim,
sincima hrabrim i bezmudim,
tiranima i žednim slobode.

O što si proslavljen, Gospode,
u svojim Kanama i Gomorama,
u srčanim, u gasnim komorama,
kroz pomore i kroz porode.

O što si proslavljen, Gospode,
u Isusu i u Pilatu,
Avelju i Kainu bratu,
kroz horde i kroz narode.

I ja Te proslavljam, Gospode,
Tebi i pjesan i hula –
sva pjena uma i čula,
bezumne himne i ode.

Oh, wie Du gefeiert wirst, mein Vater!

Oh, wie du gefeiert wirst, mein Vater,
wie im Kleinen, so in großer Gala –
in aller Weltenelemente Skala,
im Feuerspiegel und im Wasserkrater.

Oh, wie du gefeiert wirst, mein Vater,
in Tier- und Pflanzenwesen allerorten –
in Schlange, Zimt und Brennnesselkohorten...
Erst Zwillinge erscheinen adäquater!

Oh, wie du gefeiert wirst, mein Vater,
mit kalten Zungen oder mit sehr heißen,
die lauen kehren heim von ihren Reisen,
an jener Betten wartet der Beschatter.

Oh, wie du gefeiert wirst, mein Vater,
in weisen Jungfern wie in den verrückten,
in Söhnen, denen Mut wie Feigheit glückten,
Tyrannenkampf im Anarchietheater.

Oh, wie du gefeiert wirst, mein Vater,
in Kanaan wie im Gomorrha-Topf,
mit Herzens- wie mit Gaskammern im Kopf,
Geburten machen Seuchen moderater.

Oh, wie du gefeiert wirst, mein Vater,
durch Jesus mit dem Kreuz und durch Pilatus,
durch Abels Tod an seines Bruders Neidkuss,
durch Liebende und Militärberater.

Auch ich will dich nun feiern, oh mein Vater,
Ich lobe dich und bin berauscht vom Lästern,
im Schaumbad sind Verstand und Sinne Schwestern,
die Hymnen hirnlos, ich ein Odenpater.

(Kathrin Schmidt)

Stevan Tontić

Pitanje pred hramom

Kako ovakav da uđem u hram
Kada me guše užas i sram?

Zar svu tu muku što me slama
Da istovarim usred hrama?

Teret koji već nosit ne mogu
Da svalim na leđa raspetom Bogu?

A rečeno mi je da sam i sam
Paslika njegova – čovjek-hram.

Pa ako sam i ja živi hram
Odakle ovaj užas i sram?

2009

Frage vor dem Tempel

Soll ich so in den Tempel lahmen
Gewürgt von Schrecken und von Scham?

Soll mich das Leid, das ich nach drinnen bringe
mitten im Tempel auseinandersprengen?

Soll ich die Last, an der ich fast verrotte
aufladen den gekreuzigten Schultern Gottes?

Es heißt, ich selbst sei sein Ebenbild:
der Mensch – ein Tempelschild.

Wenn aber ich ein lebender Tempel bin
mit diesem Schrecken, der Scham, dann wohin?

2009

(Brigitte Oleschinski)

Pitanje s onog svijeta

Javi mi se noćas otac
iz svoga u moj san:

Sanjao sam, sine, da si skitio
pa usred Beograda objavio
nekakvu pjesmu o meni,
(zapravo čistu paskvilu)
i to još dok sam dobro živ bio,
u kojoj tobože ja komunista,
izigravam vlast i silu
držeći lekciju samom Bogu.

Je li to ta poezija
kojom se slavno baviš!?
Kojom se đavolska Srpčad
najslađuje u lektiri.
A ja se prevrćem u grobu.

Zašto mi to, kad me toliko,
kao što tvrdiš, voliš i slaviš,
za života ne pokaza?

Da i ja malo uživam!

A ne da mi se zmija
tvog poganog jezika
po grobu plaza

i u snu me vija!

2008

Stevan Tontić

Frage aus dem Jenseits

Heute Nacht sprach mein Vater zu mir
aus seinem eigenen in meinen Traum:

Mein Sohn, ich habe geträumt, du hättest gedichtet,
und es mitten in Belgrad gelesen
ein beliebiges Gedicht über mich,
(doch eigentlich ein reines Abbild)
in dem ich noch am Leben war
und ein angeblicher Kommunist,
in dem ich spielte mit Gewalt und Macht
und selbst Gott die Leviten las.

Soll das etwa die Lyrik sein
mit der du dich so glorreich befasst!?
Über die sich teuflische kleine Serben
in ihren Schulbüchern ergötzen.
Ich drehe mich in meinem Grab.

Warum hast du mir das nicht
zu Lebzeiten gezeigt, wo du mich doch so sehr
liebst und ehrst, wie du es sagst?

Damit auch ich was davon habe!

Und keine Schlange
deiner bösen Zunge
auf meinem Grab sich tummelt

und mich im Traum bedrängt!

2008

(Sünje Lewejohann)

Frage aus dem Jenseits

Meldete sich nachts mein Vater
aus seinem in meinem Traum:

Mir träumte, Sohn, du hast gereimt
und in Belgrad drucken lassen
irgendetwas über mich
(ein Spottgedicht in spitzen Phrasen)
und das zu meinen Lebzeiten
in denen ich als Kommunist
Macht und Allmacht spiele
Gott noch in die Schranken weise.

Ist das etwa die Poesie
mit der du ruhmreich dich bekleckerst!?
An der sich kleine Serbenteufel
in ihren Schulfibeln berauschen?
Umdrehn muß ich mich im Grab.

Warum hast du, der du heuchelnd
mich so liebst und feierst
das nicht mir Lebendem gezeigt?

Daß auch ich vom Honig koste!

Und nicht die Schlange
deiner Nachredzunge
auf meinem Grabe schleicht

mich im Traum zu jagen!

2008

(Richard Pietraß)

Skica za sliku uglednog zločinca

Posmatram lobanju uglednog zločinca,
Blista, spakovana u solidnu kožu.
U narodnom teatru zauzeo ložu –
Poza iz progonstva vraćenoga princa.

Smiješak dobrotvora navuko na lice,
Dupe mu predsjedničku sanja fotelju,
Muda manekenku, mirisnu postelju,
Poslije pokera, važne utakmice.

Iz zločina već crpi veliku dobit,
Potkupljuje pravdu i tužilaštva.
Zemlja svom junaku sve oprašta –
Jošte ima onih koje valja pobit.

2008

Skizze für ein Porträt des ehrbaren Gangsters

Ich betrachte den Schädel des ehrbaren Gangsters,
Er glänzt, in solide Haut eingepackt.
Im Volkstheater die Loge, nie nackt –
In der Pose des ex-exilierten Verwesers.

Stets zog er auf sich das Lächeln der Gönner,
Sein Arsch träumt vom Sessel des Präsidenten,
Die Eier vom Model in Duftbettmomenten
Nach Pokervergnügen, da ist er ein Könner.

Verbrechen sind ihm zum Nutze vonnöten,
Justiz korrumpiert er wie Rechtschaffenheit.
Das Land hat den Helden ergeben geweiht–
Noch bleibt genügend Muße zu töten.

2008

(Kathrin Schmidt)

Izlazi iz ovih prnja dušo

Izlazi iz ovih prnja, dušo!
Uzleti već jednom, đipi uvis,
dokle ćeš se vući ovom tmušom?

Previše si vidjela, dušo.
Zar s takvim teretom, s lešom o vratu,
misliš u gornja nebesa?
S prtljagom posvjedočenog klanja,
modrog u čerecima mesa.

Daj da se razlučimo: dokle da tegliš
ostatke mog tijela potrbušno?
Svisnućeš od poniženja i pravedničkog bijesa.
Oslobađam te drugih ugovornih obaveza.
Krila! Tvoja krila, dušo!?

Flieh aus diesen Fetzen, meine Seele

Flieh aus diesen Fetzen, meine Seele!
Flieg endlich in die Lüfte auf,
wie lang noch soll die Finsternis dich quälen?

Zu viel hast du gesehen, meine Seele.
Wie willst du in den Himmel steigen
mit diesem Kranz von Leichen um die Kehle?
Mit vielzuviel Gepäck aus den verbürgten
Gemetzeln und Resten, bläulichen, von Fleisch.

Wir trennen uns: warum sollst du noch länger
weiterkriechen in meines Leibes Überbleib?
Warum vor Scham im zu gerechten Zorn zerbrechen.
Ich geb dich frei von allen Zwängen.
Flügel! Flügel, meine Seele, nimm dir zwei!

(Brigitte Oleschinski)

Stevan Tontić

Verlaß diese Hülle, meine Seele

Verlasse diese Hülle, meine Seele!
Steig endlich, hoch in die Lüfte
wie lang noch erträgst du diese Hölle?

Zu viel hast du gesehen, Seele.
Willst du mit diesem Leichenkragen
in des Himmels Beletage?
Mit der Last bezeugten Gemetzels,
dem blauen Fleisch der Menschenwaage?

Mach den Schnitt: wie lange willst du bäuchlings
die Reste meines Körpers schleppen im Messerkrieg?
Zerbrechen wirst du an des Gerechten Klage.
Ich löse dich aus jeglichem Vertrag.
Flieg, Seele, flieg!

(Richard Pietraß)

Faruk Šehić

umri mlad i budi lijep leš

tako su govorili rokeri
ali ovo je sasvim druga planeta
na Padežu
protiče jedanaesti dan smjene
prvi nakon Smajine smrti
ispušili smo kesu industrijske trave
Sadmir je jedinačno pucao preko grudobrana
i rasuo prednji nišan automata što je ležao
po trupcima kojima smo utvrdili prilaz zemunici
nekoliko sitnih gelera iz nišana
pogodilo ga je iznad lijeve arkade
Hajrija mu je previo ranu prvim zavojem
ona nije bila dovoljna ni za 24 sata bolovanja

umri mlad i budi lijep leš
tako su govorili rokeri
srao sam na lopatu u udubljenju iza krova brloga
te prebacivao vrela govna na ničiju zemlju
pišao u Ikar konzervu zgrčen u tranšeju kao crv
zalijevajući buđ šumske stelje
rekoh sebi:
neću prati ruke
ni umivati se
brijati
ni kidati nokte
je li važno kakav će mi leš biti
----
rebra ću darovati bogu za buduće Eve
moje ušne školjke će postati gljive
od spletova živaca razviće se miceliji
boljeg čovjeka.

die young and leave a good-looking corpse

so röhrten die rocker
aber hier ist ein total anderer planet
am Padež
vergeht die elfte stunde der wache
die erste nach Smajos tod
wir haben eine ganze tüte designergras geraucht
Sadmir schoss manchmal über die brustwehr
und sprengte auf dem maschinengewehr das vordere visier
über den baumstämmen die den zugang
zu unserem unterstand schützten
ein paar splitter des visiers
trafen ihn über der linken braue
Hajrija versorgte die wunde mit einem notverband
das reichte nichtmal für eine krankschreibung von 24 stunden

die young and leave a good-looking corpse
so röhrten die rocker
ich schiss auf eine schaufel im schlamm hinter der stellung
und schmiss die heiße scheiße ins niemandsland
ich pisste in eine blechbüchse krumm wie ein wurm im schützengraben
und wässerte das rottende laub unter den füßen
ich sagte zu mir:
ich werde mir weder die hände waschen
noch das gesicht
ich werde mich nicht rasieren
oder mir die nägel schneiden
was solls wie meine leiche aussieht
----
meine rippen vermache ich gott zu künftigen evas
meine ohrenmuscheln sollen zu pilzen
werden nervengeflechten aus denen die myzelien
eines besseren menschen wachsen.

(Brigitte Oleschinski)

Una

to je moja rijeka
u njoj sam se prepoznao
tamo gdje su gusti šaševi pletenice sedrenih nimfi
što u augustu, kad padne vodostaj, pokazuju svoja bedra
po kojima hodaju užareni kupači dok *madžar* prska zrakom

to je moja rijeka
brza kao misao na onoga koga voliš
sposobna kao opal da mijenja nijanse
to je delta u obliku šljaštećih vena
niz koje plove *lađe* drvenih rebara
a između njih sijevaju ulašteni riblji trbusi
s krljuštima većim od ljudskog nokta

to je moja rijeka
njena boja se rimuje sa atmosferom
pio sam je kao majčino mlijeko
skriven od metaka, gledao je kroz drhtave listove jasena
i divio se njenom živom plavetnilu

to je moja rijeka
u ratu, crta razgraničenja dvije strane svijeta
berlinski zid sa milijardu kapljica
kojeg smo sagradili u babilonskim stražarskim noćima
iz sve snage žudeći da ga razbijemo

to je moja rijeka
moja zemaljska zvijezda
ne tako slavna kao Guadalquivir
ali ipak teče kroz moje srce
savršeno opravdavajući svoje ime.

Una

Sie ist mein Fluss
in ihr erkenne ich mich
dort, wo die Kalksteinnymphen Zöpfe aus Schilf tragen
und im August, bei sinkendem Pegel, ihre Schenkel entblößen
über die glühende Körper klettern, während die Sonne die Luft erfüllt

Sie ist mein Fluss
flüchtig wie der Gedanke an jemanden den du liebst
in der Lage zu schillern wie ein Opal
Sie ist ein Delta aus glitzernden Adern
durch sie gleiten Boote mit hölzernen Rippen
und dazwischen schimmern die glänzenden Bäuche der Fische
ihre Schuppen groß wie menschliche Nägel

Sie ist mein Fluss
ihre Farbe reimt sich auf den Himmel
ich sog sie ein wie Muttermilch
versteckte mich hier vor den Kugeln, blickte durch zitternde Ahornblätter
und bestaunte ihre lebendige Bläue

Sie ist mein Fluss
im Krieg die Grenze zweier Weltseiten
eine Berliner Mauer aus Milliarden Tropfen
die wir in babylonischen Nächten des Wachens bauten
und die wir mit aller Kraft einzureißen versuchten

Sie ist mein Fluss
mein irdischer Stern
nicht so glanzvoll wie der Guadalquivir
aber sie fließt durch mein Herz
ist ihrem Namen mehr als gerecht.

(Sünje Lewejohann)

Faruk Šehić

Die Una

das ist mein fluss
darin habe ich mich erkannt
dort wo dichtes schilf die zöpfe der nymphen aus kalkstein bildet
die im august, wenn der wasserspiegel sinkt, ihre schenkel entblößen
über die dann erhitzt die badenden gehen, während die *pralle sonne* die
luft durchglüht

das ist mein fluss
schnell wie der gedanke an jemand, den du liebst,
schillernd wie ein opal, dessen farbtöne wechseln,
das delta in gestalt glitzernder adern,
auf dem die holzrippenboote segeln,
dazwischen schimmern glatte fischbäuche
mit schuppen, die größer sind als fingernägel

das ist mein fluss,
die farbe reimt sich auf die atmosphäre.
ich trank sie wie muttermilch,
mich vor kugeln versteckend schaute ich durch zitterndes ahornlaub
und bewunderte ihr lebendiges blau

das ist mein fluss
im krieg, grenzlinie zwischen zwei welthälften,
eine berliner mauer aus milliarden tropfen,
die wir in babylonischen wachnächten erbauten
und mit aller kraft versuchten wieder einzureißen

das ist mein fluss
mein irdischer stern
nicht so ruhmreich wie der Guadalquivir
aber trotzdem fließt sie durch mein herz
und rechtfertigt ihren namen, una, voll und ganz.

(Àxel Sanjosé)

Una

sie ist mein fluß
in ihr habe ich mich erkannt
wo dichtes schilf die zöpfe der nymphen aus kalkstein flicht
die im august wenn der wasserspiegel sinkt ihre schenkel entblößen
über die glühende badende hingehen während die sonne
die luft durchströmt

sie ist mein fluß
schnell wie der gedanke an einen geliebten menschen
wie ein opal imstande die nuancen zu wechseln
sie ist ein delta glitzernder adern
entlang ihrer ufer segeln die boote mit hölzernen rippen
und dazwischen schimmern polierte fischleiber
mit schuppen größer als menschliche nägel

sie ist mein fluß
mit ihrer färbung die sich auf atmosphäre reimt
ich trank sie wie muttermilch
mich vor den kugeln verbergend blickte ich durch zitternde ahornblätter
und bewunderte ihr lebendiges blau

sie ist mein fluß
im krieg demarkationslinie zweier welten
berliner mauer aus einer milliarde tropfen
die wir errichteten in den nächten babylonischen wachens
und nun mit aller kraft niederzureißen uns mühten

sie ist mein fluß
mein irdischer stern
nicht so ruhmreich wie der Guadalquivir
und doch fließt sie durch mein herz
und rechtfertigt ihren namen.

(Richard Pietraß)

lice sa visokotiražnih američkih magazina

dok hodamo kroz šumski tunel
iznad nas visi nepokretno decembarsko nebo
škilje zvijezde kroz spletove krošnji
u sedam sati navečer
ledene igle na grabovim ograncima
otpadaju i lome se po nataloženom lišću
puše jugo
sjećam se *Proklete avlije*
mahnitanja duhova u zraku
grane se trljaju jedna o drugu
škripe kao čeljusti kosturâ u kući užasa
ispod umaštene uniforme
tijelo mi je znojna opruga pritisnuta gravitacijom
i strahom
idemo u patrolu brisanim prostorom
močvarna trava je vlažna i njeni duguljasti jezičci
ližu nam šake koje stežu tamni metal pušaka
rafal svjetlećih metaka u velikom luku odlazi iza brda
kao đerdan serijski spojenih zvijezda padalica
ne mislim da će meni ispuniti želje
u tupom tijelu što misli na toplinu vatre, cigare i hranu
na Azrino lice koje ne uspijevam sastaviti u mislima
na ulicu Maršala Tita broj 89 iz koje sam istjeran
na flašu karlovačkog piva od pola litre koju često sanjam
kao metaforu slobode
došli smo do pružnog nasipa
kamenje je premazano mekim injem
moje stražarsko mjesto je baš tu
anonimno i beznačajno kraj drvenog praga
gledam površinu Une namreškanu sitnim valovima
gustu vodenu tamu
rat je, kažu, revolucija u najčistijem obliku

moj did Bećo Šehić je 1933. osnovao ćeliju KP u Bosanskoj Krupi
zajedno sa svojim bratom Ismetom dvije godine je proveo u Jasenovcu
oba su bili partizani
moj drugi did, Almas Sedić, je sa Crvenom armijom ratovao na Sremskom frontu
ja sam u lošem ratu
poginulo mi je stotinu saboraca čijih se lica još uvijek sjećam
mrtvi su gomila nepoznatih imena i prezimena na drvenim nišanima
u dozlaboga lošem ratu
niko od njih neće ostati vječno mlad
kao Che Guevara
lice sa visokotiražnih američkih magazina.

Faruk Šehić

Ein Gesicht aus amerikanischen Hochglanzpostillen

während wir durch den Wald gehen, einen Tunnel,
überwölbt uns ein starrer Dezemberhimmel
dessen Sterne durch die Kronen der Bäume blinzeln
um sieben, es ist Abend
Eiszapfen fallen von den Zweigen einer Buche
und zerklirren auf dem mit Laub beschichteten Boden
es geht ein Wind von Süden
ich erinnere mich an den *Verdammten Hof*
und wie die Geister durch die Lüfte tollten
die Äste schmirgeln aneinander
quietschen wie die Kiefer der Skelette im Geisterhaus
unterhalb der fettigen Uniform
ist mein Körper eine schwitzige Feder, zusammengehalten
von Schwerkraft und Angst
wir patrouillieren durch die Todeszone
das Sumpfgras ist feucht und seine länglichen Zungen
lecken an unseren Fäusten, die das dunkle Metall der Gewehre umschließen,
die Kaskade der Leuchtspurmunition zieht einen Bogen bis hinter den Berg
wie eine Halskette serienmäßig aus Sternschnuppen zusammengesetzt
ich glaub nicht, dass meine Wünsche in Erfüllung gehen
in diesem abgestumpften Körper, der an die Wärme von Lagerfeuer,
Zigaretten und Nahrung denkt
an Azras Gesicht, an das ich mich nicht erinnern kann
an die Marschall-Tito-Straße, Haus Nummer 89, aus der man mich vertrieb
an die Halbliterflasche Karlovacko Bier, meine Metapher für Freiheit
von der ich oft träume
wir sind am Bahndamm angelangt
die Schottersteine bedeckt eine weiche Raureifschicht
mein Beobachtungsposten ist genau hier
namenlos und nichtig neben der hölzernen Schwelle
ich starre auf die von kleinen Wellen gekräuselte Oberfläche der Una
das dichte Dunkel aus Wasser

der Krieg ist, sagt man, die Revolution in ihrer reinsten Form
mein Großvater Bećo Šehić gründete 1933 in Bosanska Krupa eine Zelle der KP
gemeinsam mit seinem Bruder Ismet saß er zwei Jahre in Jasenovac
beide waren Partisanen
mein anderer Opa, Almas Sedić, kämpfte mit der Roten Armee an der Front von Srem
ich stecke in einem schlechten Krieg
gut hundert meiner Kameraden sind gefallen, noch immer kenn ich ihre Gesichter
die Toten: ein Haufen unbekannter Vornamen und Nachnamen auf Gräbern
in einem verdammt schlechten Krieg
keiner von ihnen bleibt ewig jung
so wie Che Guevara
ein Gesicht aus amerikanischen Hochglanzpostillen.

(Ron Winkler)

živim u državi gdje je iskopavanje kostiju udarna tv-vijest

cvjeta otadžbina iz vojničkih kostiju
sloboda nam je naišla kao olujni pljusak
nakon duže grmljavine i gustih oblaka
zemlja se isparavala jetkim mirisom truleži

cvjeta otadžbina iz vojničkih kostiju
izduženi snopovi ljudskih prilika
što idu na pijace, sprovode i koncerte
nalikuju skulpturama Henryja Moorea

cvjeta otadžbina iz vojničkih kostiju
ima boju zapaljenog fosfora, osmijeh pehlivana
u herbarijumima sjećanja suše se lica mrtvih
sva ratna groblja su turska jer se kraj njih ide šutke

cvjeta otadžbina iz vojničkih kostiju
grlata neman što obećava silazak mita u zbilju
međutim, mit je, kao i svaki, put za deziluziju
nevidljiva sjemenka iz koje zriju masovne grobnice.

ich lebe in einem land in dem exhumierungen schlagzeilen machen

blühendes vaterland aus soldatengebeinen
die freiheit kam über uns wie ein gewittersturm
nach anhaltendem donner unter dichten wolken
verdampfte die erde den beißenden verwesungsgestank

blühendes vaterland aus soldatengebeinen
länglichen bündeln in menschengestalt
die auf märkte beisetzungen konzerte gehen
sie gleichen den skulpturen von Henry Moore

blühendes vaterland aus soldatengebeinen
phosphorbrandfarben wie das tieftraurige lächeln eines clowns
in den herbarien vertrocknen die gesichter der toten
alle kriegsfriedhöfe sind türkisch man lässt sie links liegen

blühendes vaterland aus soldatengebeinen
ungeheuer dröhnender mythos zerschellt in der realität
wie jeder mythos in brutaler enttäuschung während
aus den massengräbern unsichtbare samen sprießen.

(Brigitte Oleschinski)

prolazeći pored Markala na trenutak zastah

vidio sam anđela na pijaci
sjedio je na limenom krovu štanda
ispod njega u drvenim gajbama
složene su paprike, paradajz, mladi krompir
kupus, crveni luk i zelje
stopala su mu visila sa krova
njima je ovlaš dodirivao kosu prolaznika
jednom je kupcu skinuo šešir sa glave
puhao je lagan vjetar miješajući mirise
svježeg voća, povrća, cvijeća & ribe
zavirivao je ljudima u face
odmjeravao je prodavače dok rade sa vagom
zurio u njihove natekle ispucale šake
rasplakao se ugledavši stariju ženu
kako kupi trulo povrće ispod štandova
počela je padati sitna kiša
niz latice ofarbane margarite
slijevala se blijedoplava tinta
izgledala je kao kurva sa kilom šminke
kad joj poteku suze
anđeo je raširio krila i poletio u nebo
razmišljam, ako postoji poetska pravda
anđeo će zagrnut noću
iščupati srce prodavaču što zakida na vagi
međutim, ne vjerujem
jer anđeli uglavnom poziraju
i smrzavaju se goli na freskama.

ich kam an markale vorbei und blieb einen augenblick stehen

ich sah einen engel am marktplatz
er saß auf dem blechdach einer bude
unter ihm holzkisten sortiert nach
paprika, tomaten, jungen kartoffeln,
kohl, zwiebeln und spinat
die füße baumelten vom dach
unmerklich streifte er das haar der menschen im vorbeigehen
einem kunden griff er den hut vom kopf
sachter wind kam auf und vermengte die gerüche
von frischen früchten, gemüse, blumen & fischen
den menschen blickte er ins gesicht
und wog ab, wie die verkäufer mit der waage umgingen
er starrte auf ihre geschwollenen aufgesprungenen hände
er fing an zu weinen als er die ältere frau sah
die faules gemüse unter den marktständen suchte
als es zu nieseln begann
floss hellblaue tinte
von den blütenblättern der gefärbten margerite herab
sie glich einer hure mit zu viel schminke
die zu weinen beginnt
seine flügel breitete der engel aus und flog in den himmel
ich denke nach gibt es poetische gerechtigkeit
so wird der engel eingehüllt in die nacht
dem verkäufer der mit der waage betrügt das herz ausreißen
aber ich glaube nicht daran
denn engel posieren für gewöhnlich
und frieren nackt auf den fresken

(Kathrin Schmidt)

wie ich kurz anhielt, als ich über den Markale ging

auf dem Markt sah ich einen Engel
er saß auf dem Blechdach von einem der Stände
unter ihm in Kisten aus Holz
lagerten Paprika Tomaten neue Kartoffeln
Kraut Zwiebeln & Spinat
er ließ seine Beine baumeln
fuhr den Menschen vorsichtig durchs Haar
einem Käufer zog er den Hut vom Kopf
ein Wind wehte und verzwirbelte die Gerüche
der frischen Früchte Gemüse Blumen & Fische
er blickte den Menschen direkt ins Gesicht
taxierte die Verkäufer beim Justieren der Waagen
starrte auf ihre geschwollenen rissigen Hände
begann zu weinen als er eine ältere Frau sah
wie sie faules Gemüse vom Boden las
dann setzte ein leichter Regen ein
hellblaue Tinte floss
von den Blütenblättern der gefärbten Margariten
die nun wirkten wie zu stark geschminkte Freudenmädchen
denen die Tränen kommen
der Engel breitete seine Flügel aus und stieg in die Lüfte
ich stell mir vor wie er in Nacht gehüllt
dem Händler, der beim Wiegen betrügt, das Herz rausrisse
wenn es poetische Gerechtigkeit gäbe
aber ich glaub nicht daran
denn in erster Linie repräsentieren Engel nur
und frieren nackt in ihren Fresken.

(Ron Winkler)

bez bremena na leđima sem onog smrtnog

prilazi mi čovjek
dok jedem kebab
traži zalogaj
kidam rukom
i dajem mu
on zalogaj stavlja
u zelenu kesu
pitam ga šta će mu to
i šta nosi u zelenoj kesi
kaže da su unutra
zalogaji od kojih će
napraviti čorbu
on ide kući
težak kao olovno zvono
priča sa golubovima i oblacima
sezonski ulični prorok.

Faruk Šehić

ohne Last auf den Schultern außer der des Todes

ein Mann tritt an mich heran
als ich gerade einen Döner esse
und bittet mich um ein Stück
ich trenne mit den Fingern
ein Stück ab und gebe es ihm
er steckt es
in eine grüne Tüte
ich frage ihn was er davon hat
und was er in der grünen Tüte mit sich trägt
er sagt darin seien
Stücke mit denen er
eine Suppe kochen werde
er geht nach Hause
schwer wie eine Bleiglocke
er spricht mit den Tauben und den Wolken
ein saisonaler Straßenprophet.

(Àxel Sanjosé)

PAUKOVA mreža je *tričava stvar*
mumificiran oklop insekta
leži na oker pločici
kao zagubljena šahovska figura
na crvenoj pločici pored
nalaze se dlačice dvodnevne brade
mlade paukove privlači voda
onaj koji se uguši, pluta
u crvenom plastičnom lavoru
gdje se kiseli šareni veš
mlaz tuša sapere sićušni leš
i on odlazi na drugi svijet
kroz kanalizacionu cijev
bakterija ima svugdje
one su sveprisutne kao i bog
uglavnom nastanjuju prašinu
i u zraku lebde kao plankton
tu se ništa spektakularno ne dešava
vrijeme u kupatilu protiče između ispuštanja
vode u kotliću, brijanja, kupanja,
ispiranja smrdljivog rublja, umivanja,
pranja zuba, ruku, pišanja i sranja
ogledalo, u visini lica, noću
odražava samo supstancu tame
i prašnjave noćne leptire
u ćošku su zabačene braon papuče
koje niko ne upotrebljava
prljave gaće&čarape vire iz kese
donesene iz potrošačkih rajeva Mercatora
na plastičnoj polici kao šipka i bubanj
nalaze se četkica za zube marke Zirodent
pomalo demode, i zubna pasta Vademecum
blizu je i šampon istoimenog naziva na njemačkom

iznad ogledala mliječnobijela kugla krije sijalicu
kroz džinske naočale mogu se vidjeti
bića od vatre i dima kako plešu iznad wc-školjke
u kadi sirene iz mjehurića pjene pjevaju
čarobne pjesme molekularnim odisejima
na dlakama jašu dobrohotne nimfe iz deo roll-ona
Poncije Pilat na asteroidu sa svojim psom
gleda zvijezde što kaplju iz hromirane baterije
na zidovima anđeli zazivaju božija imena
u strahu pred đavolom što izranja iz šolje
kapetan Picard odapinje fotonske strijele
pokušavajući da suzbije invaziju komaraca sa plafona
fosfatni jahači apokalipse galopiraju kroz odvod
povorku predvodi stonoga sa glavom Busha Juniora
jašite u vodu u zemlju u zrak viče Glavuša i potcikuje
dobri kućni duhovi dahom prave maglu na zrcalu
te eteričnim prstima pišu da je poetika malih stvari
jedino moguća danas u ovakvom šizofrenom svijetu
oprezno stavljam prste na tastaturu laptopa
da opišem kosmose u vlastitom kupatilu.

DAS SPINNENNETZ ist ein *nutzloses Ding*
ein mumifizierter Insektenkörper
liegt auf der erdbraunen Fliese
wie eine verlorene Schachfigur
daneben auf der roten Fliese
liegen die Härchen des Dreitagebarts
die Spinnenjungen lockt das Wasser
wer ertrinkt treibt
in der roten Plastikwanne
mit der eingeweichten bunten Wäsche
die Dusche spült die winzigen Leichen weg
sie nehmen das Abwasserrohr ins Jenseits
Überall sind Bakterien
allgegenwärtig wie Gott
meist leben sie im Staub
oder schweben durch die Luft wie Plankton
es geschieht nichts Spektakuläres
die Zeit im Bad vergeht zwischen dem
Spülen, Rasieren, Baden
dem Waschen der stinkenden Wäsche, Gesichtwaschen,
Zähneputzen, Händewaschen, Pissen und Scheißen
Der Spiegel, in Gesichtshöhe, reflektiert
nachts nur die Substanz der Dunkelheit
und die verstaubten Falter
in die Ecke hat jemand braune Pantoffeln geschmissen
die niemand benutzt
schmutzige Unterhosen&Socken ragen aus einer Tüte
aus dem konsumverseuchten Paradies der Supermärkte eingeschleppt
auf dem Plastikregal unzertrennlich
die Zahnbürste der Marke Zirodent
ein wenig unmodern und Zahncreme Vademecum
ganz nahe steht auch das Shampoo das auf Deutsch den gleichen Namen trägt
über dem Spiegel versteckt die Kugel aus Milchglas eine Glühbirne
durch Riesenbrillen kann man

Faruk Šehić

Wesen aus Feuer und Rauch erkennen die über der Klobrille tanzen
in der Badewanne singen Meerjungfrauen aus Seifenblasen
den Odysseen der Moleküle zauberhafte Lieder
gutmütige Nymphen reiten auf Haaren aus dem Deo roll-on
Pontius Pilatus auf dem Asteroiden mit seinem Hund
sieht sich die Sterne an die aus der verchromten Batterie tropfen
Engel rufen an den Wänden Gottes Namen
aus Angst vor dem Teufel in der Kloschüssel
Captain Picard schießt Photonen Pfeile
um die Mückeninvasion an der Decke einzudämmen
apokalyptische Reiter aus Phosphor galoppieren durch den Abfluss
ein Tausendfüßler mit Bush Juniors Kopf führt den Zug an
reitet in das Wasser in die Erde in die Luft schreit der Kopf und schreit
gute Hausgeister hauchen Nebel an den Spiegel
und mit ätherischen Fingern schreiben sie, die Poetik der kleinen Dinge sei
allein heute in dieser schizophrenen Welt möglich
ich lege ganz sacht die Finger auf die Tastatur des Laptops
um über die Kosmen des eigenen Bades zu schreiben.

(Sünje Lewejohann)

DAS SPINNENNETZ ist ein *wertloses ding*
der mumifizierte insektenschild
liegt auf der fliese von ocker
wie eine vergessene schachfigur
auf der roten fliese daneben
die härchen des dreitagebarts
spinnenjunge werden vom wasser verlockt
wer ertrinkt, schwimmt
im roten plastikgefäß
mit der eingeweichten buntwäsche
der duschkopf spült die winzige leiche fort
dass sie eingeht ins jenseits
durchs abwasserrohr
bakterien sind ubiquitär
allgegenwärtig wie gott
sie leben vornehmlich im staub
und schweben wie plankton in der luft
nichts spektakuläres geschieht
stattdessen vergeht die zeit im bad zwischen wechsel
des wassers, rasieren und baden
waschen der stinkenden wäsche, gesichtsreinigung,
zähneputzen, händewaschen, pissen und scheißen
der spiegel, in kopfhöhe, nachts
reflektiert nur die substanz der dunkelheit
und die staubigen nachtfalter
in die ecke geschleudert liegen braune pantoffeln
die niemand benutzt
dreckige unterhosen & socken schauen heraus aus der tüte
aus den konsumparadiesen der supermärkte geholt
befinden sich auf dem plastikregal, unzertrennlich,
eine zahnbürste der marke zirodent,
schon leicht aus der mode gekommen, und eine zahncreme vademecum
nahebei auch das shampoo gleichen namens, doch deutsch

Faruk Šehić

über dem spiegel versteckt die milchglaskugel eine glühbirne
durch riesige brillen werden wesen
aus rauch und feuer sichtbar im tanz auf der klomuschel
während in der badewanne meerjungfrauen aus seifenblasen
den molekularen odysseen bezaubernde lieder singen
gutmütige nymphen traben auf achselhaaren aus dem deo roll-on
auf dem asteroiden blickt pontius pilatus mit seinem hund
in die sterne die aus der chrombatterie tröpfeln
gottes namen brüllen die engel an den wänden
aus angst vor dem teufel der aus der klomuschel auftaucht
captain picard verschießt photonische pfeile
gegen die invasion der stechmücken von der decke
phosphatene reiter der apokalypse galoppieren ins kümpfchen
der zug wird geführt von einem tausendfüßler mit dem kopf von bush junio
sprengt ins wasser in die erde in die luft schreit der kopf gellend
die guten geister des hauses beatmen den spiegel mit nebel
und schreiben in ätherischer spitzfingrigkeit, die poetik der kleinen dinge
sei allein heute denkbar in dieser welt der schizophrenie
vorsichtig senke ich die finger auf die tastatur des laptops
um die universen im eigenen bad zu beschreiben.

(Kathrin Schmidt)

Tatjana Bijelić

Iz ciklusa SECOND-HAND SHOP

gdje kupujete odjeću ne sluteći da ćete proživjeti dio života njenih prethodnih vlasnika

VII Svaki sedmi gratis

Na vratima natpis – svaki sedmi gratis
i već je gomila zaposjela prolaze,
otvorila sezonu kolektivnog svlačenja
na uskom prostoru gdje dahće manija
za krpom koja se bespovratno daje,
za ponudom koja samo danas traje,
na dan kad kupac preslobodno šeta
uvjeren da ima šest ekstremiteta
i da svaki od njih traži svoju priču,
priču koju nikad ne moraš da shvatiš,
onu koju ugledaš i jednostavno pratiš –
nešto sitno kupiš, i dobiješ gratis.

Gratis nam zazvuči kao sjajno more
darivanja, džabane, rajske ikebane,
kao sve što znojem postigneš u gužvi,
pa ispružiš tijelo i najdužu dlaku
bez ijednog živca na mladom oblaku
ko škrta nota iz koje melodija
svoj ritam i bitak beskrajno izvija
u pravcu potrošačke sreće.

I ovdje je čovjek zadovoljno biće,
izdržaće grabež, čvoruge i trenja
samo da mu daju dar iznenađenja,
sedmi komad krpe u plastičnoj kesi
koji drijema spreman na izlazu s čuvarem
i čije kvalitete ne nazireš jasno –

mnogi su ga htjeli zamijeniti za drugi
sa krive strane kase, a tad je bilo kasno.

Na vratima natpis – svaki sedmi gratis
– ponavljala si nekoliko puta
i čekala ga željno sa naramkom čipke
kupljene sa stalka egzotike,
čipke žute, čipke neurotike
sa nekoliko raznovrsnih haljina,
koja se klatila sve dok nisi platila
iskorak u modu,
prostranstva inostranstva.

A onda je došao i tvoj gratis,
šćućuren na dnu kese.
Marama crna u marami sivoj,
pismo i dve adrese.

Staka zvana Stejk (Stake), naše gore list,
provela je starost u londonskom ormaru.
Došla je na crno, sijeda, u crnini
u neplodna sivila, od tebe se krila.
Staka, nečija baka,
nečije nešto.

Staka sva od boli
sva od stakla.

Kao da te sjeklo
kao da te speklo
s nekoliko riječi
vlastito porijeklo.

Gratis.

Aus dem Zyklus SECOND-HAND SHOP

wo Sie Kleidung kaufen ohne zu ahnen, dass Sie in Lebensphasen der Vorbesitzer eintauchen werden

VII Jedes siebte gratis

An der Tür im Abriss – jedes siebte gratis
und schon treibt Gedränge den Haufen in Gänge,
eröffnet ist nun die Saison kollektiven Entkleidens
auf engstem Raum, im Stöhnen des manischen Leidens
ums Fetzchen ohne jegliche Aussicht auf Umtausch,
ums Angebot im nur heute gültigen Kaufrausch,
an diesem Tag, da der Kunde zu frei gekreist
und sicher ist, dass er zumindest sechs Glieder aufweist
und jeder nach seiner Geschichte zu fahnden versucht,
dass du sie kapierst, sei hier keinesfalls Basis,
auch wenn du ihr einfach folgst im Draufblick der Praxis –
du kaufst was Kleines und kriegst gratis.

Gratis klingt uns nach einem flirrenden Meer
des Schenkens, für jeden im Eden Ikebanas
umsonst, so wie alles, was du mit Schweiß erreichst,
dann den Körper ausstreckst und das längste der Haare
entnervt auf der Jungwolke parkst, zur Ware
werden die kargen Noten, daraus Melodien
in Endlosschleifen Rhythmus und Seele beziehen
und schließlich hörbar werden in Richtung Konsumglück.

Und hier ist der Mensch ein sehr zufriedenes Wesen,
das Plünderung, Beulen und Reibungen aushält, wenn man
das Überraschungsgeschenk voraussetzt, das dann
aus dem siebten Fetzchen in Plastiktüte besteht
es schlummert längst am Ausgang mit dem Wächter,
du beargwöhnst seine Qualität,

im Tausch was andres wollte mehr als einer,
jedoch an falscher Kasse und zu spät.

An der Tür im Abriss – jedes siebte gratis
– du hast es mehrmals nachgesprochen
und harrtest sehnsüchtig aus, im Arm lauter Spitzen
vom Kleiderständer der offerierten Exotik,
gelbe Spitze darunter und die der Neurotik
an diversen Kleidern, die merklich flatterten
bis du gezahlt hattest
den Schritt Richtung Mode,
ins enorme Ausmaß des Auslands.

Und dann erreichte auch dich dein gratis,
geknittert ins Tütentief.
Das schwarze im grauen Tuch,
zwei Adressen, ein Brief.

Staka, genannt Stake, eine von uns,
ihr Alter durchstand sie in einem Londoner Schrank.
Sie ist schwarz herübergekommen, grau und in Schwarz,
im Grau, das unfruchtbar ist, sie versteckt sich vor dir.
Staka, jemandes Oma,
jemandes Etwas.

Staka ganz aus Gram,
ganz aus Glas.

Als hätte dich niedergerannt
als hätte dich niedergebrannt
mit wenigen Worten
dein Herkunftsland.

Gratis.

(Kathrin Schmidt)

Tatjana Bijelić

Aus dem Zyklus SECOND-HAND SHOP

in welchem Leute Kleidungsstücke kaufen, ohne zu ahnen, dass sie Lebensabschnitte der Vorbesitzer durchleben werden

VII Jedes siebte Teil umsonst

Und am Eingang steht ganz groß: Jedes siebte Teil umsonst,
und schon hat die Menge die Durchgänge besetzt,
die Saison des kollektiven Ausziehens ist eröffnet,
auf engstem Raum lechzt Hysterie
nach Ware, die vom Umtausch ausgeschlossen ist,
nach dem Schnäppchen, das es heut nur gibt,
heute fühlen sie sich frei
mit sechs Gliedmaßen am Leib,
und jeder von ihnen sucht seine eigene Geschichte,
die du nicht verstehen sollst,
der du einfach nur so folgst –
du kaufst irgendetwas Kleines und bekommst etwas umsonst.

Umsonst, das klingt wie ein glänzendes Meer
des Schenkens und des Kostenlosen, ein Paradies ewiger Rosen,
so wie alles, was du dir schwitzend in der Menge erkämpfst,
sodass du alsdann den Leib ausspannst, dein längstes Haar ganz weit,
auf junger Wolke schwebend und völlig nervbefreit
wie die nackte reine Note, aus der die Melodie
schöpft ihren Rhythmus, ihre Art und endet nie...
denn sie führt uns ins volle Konsumglück.

Hier ist der Mensch ein glückliches Wesen,
hier macht das Raffen, das Stoßen, das Rempeln ihm nichts aus,
Hauptsache er bekommt sein Geschenk mit nach Haus:
das siebte Kleidungsstück in der Plastiktüte,
das vom Personal am Ausgang bereitgehalten wird
– du ahnst deutlich die Qualität

(viele wollten es umtauschen an der falschen Kassenseite,
doch da war es schon zu spät).

Und am Eingang steht ganz groß: Jedes siebte Teil umsonst,
du wiederholtest das mehrmals,
während du erwartungsvoll in der Schlange standst,
Feingestricktes überm Arm: manches exotisch,
manches gelb, manches neurotisch,
verschiedene Kleider,
die an dir hingen, große Klasse auf dem Weg zur Kasse,
eine Verbindung zur Welt der Mode,
zum Universalen des Internationalen.

Und dann kam auch dein Teil, umsonst,
zusammengelegt in der Tasche,
schwarzes Tuch in grauem Tuch
und ein Brief mit zwei Adressen.

Staka, genannt „Stake“, eine der unseren,
verbrachte ihr Alter in einem Schrank in London.
Sie lebte dort schwarz, ergraut, in Schwarz gekleidet,
in unfruchtbares Grau, eine dir verborgene Frau.
Staka, irgendjemandes Oma,
irgendjemandes irgendwas.

Staka, starker Schmerz,
ganz aus Glas.

Als zersprengten,
als versenkten
dich die Worte,
die in die Heimat lenkten.

Umsonst.

(Àxel Sanjosé)

Iz ciklusa VEČERI POEZIJE na kojima pjesnici tumače svoje pjesme ili naširoko pričaju o njihovom nastanku prije nego što ih pročitaju

Dženet (44), voditeljka kursa kreativnog pisanja

Zbog tričarija iz ove torbe
niko ne propušta časove poezije,
u nekoj od svojih osama
mnogi koji žele da postanu pjesnici
čitaju loše romane, sline nad tračerskim tekstom,
a onda se pojave s praznim papirom,
uredno svake sedmice, sjedaju
na stara mjesta, iščekuju
magične trikove i sporedne aktivnosti,
možda im se otvore kanali i čakre
možda napišu nekoliko rima,
plaćaju me pa sam odgovorna
za serioznost početnih rituala
za dubinu disanja i hodanje uokrug,
za rastezanje udova, opštu relaksaciju,
prvih pet minuta mislimo na tijelo,
a onda se umara um.

Poticaje vadim iz osam džepića,
prelazne objekte i leteće figure,
rječnik sinonima i igle za bockanje mašte,
patentirali su *poetry kit,*
igru za šivanje fraza
nedostaju samo ritmovi u glavi,
mir, zvuk, asocijacije
šarenila iz torbe ne nude
vibracije, a toliko se vole
nasmijati, upasiviti
znam kad je dosta, neko započinje

vic, tišina! Urlam uz Bitlse u pozadini,
toliko sam skupljala vaša čula u snop,
ovo je naše deveto viđenje,
čas strogih formi, napišite
svoj prvi sonet bez razgovora,
boje se ćutanja, nijemosti, sebe
prostora bez akcije, spektakla,
znoje se šezdeset minuta i godina
ovo je njihova vizija pakla,
a opet se samovoljno naprežu, žele
da propišu pjesme, oni ili pjesme
da ih oblije zadovoljstvo pisanja
filujem ih ko punjene paprike
i ne znam gdje počinje raskorak
između pjesme i pjesnika,

u nekoliko tananih stihova
stislo se dvanaest soneta,
kažu da im nisam dala dovoljno
muzike, riječi, inspiracije
svi osim jednog nenašminkanog djeteta,
ona je svoj sonet napisala bez muke
i gledala dugo u svoje male ruke
i stariju gospodu, u bezbrojne mrežice
s njihovih papira, svi isto crtaju,
njen papir
ima sva potrebna slova, ima pjesmu
raduje se, pakuje, odlazi
nosi savršen sonet na svjetlo dana,
kad sam je pitala želi li da napiše
još mnogo dobrih pjesama, rekla je – zašto,
tako je sebično raditi nešto
zbog čega bi mi hrčak i mačka
umrli od gladi –

Aus dem Zyklus LYRIKABENDE, an denen Dichter ihre Gedichte selbst deuten und lang und breit über ihr Entstehen erzählen, bevor sie sie lesen

Janet (44), Leiterin des Kurses für kreatives Schreiben

Wegen den Kinkerlitzchen aus dieser Tasche
schwänzt niemand die Lyrikstunden
für die Einsamen
so viele wollen Dichter werden
sie lesen schlechte Romane, gieren nach Klatsch- und Tratschblättern
und dann erscheinen sie mit leeren Heften
brav jede Woche, setzen sich
auf ihre angestammten Plätze, warten auf
Zaubertricks und Hilfestellungen
vielleicht werden sich ihre Kanäle und Chakren öffnen
vielleicht schreiben sie einige Reime
sie bezahlen mich, also bin ich zuständig
für die Glaubwürdigkeit der Eingangsrituale
für das tiefe Atmen und das Im-Kreis-Gehen
für das Dehnen der Glieder, allgemeine Entspannung
die ersten fünf Minuten denken wir an den Körper
und dann beanspruchen wir den Verstand.

Die Motive entnehme ich aus acht kleinen Taschen
Übergangsobjekte und fliegende Pferde
das Synonymwörterbuch und die Nadeln zum Anstechen der Phantasie
das *poetry kit* ist längst patentiert
die Anleitung, Verse zu häkeln
es fehlen nur die Rhythmen im Kopf
Stille, Klang, Assoziationen
Kunterbuntes aus dem Beutel wird dargeboten
Schwingungen, aber noch mehr lieben sie
Gelächter und Ablenkungen
ich weiß, wann es genug ist, irgendwer beginnt mit

einem Witz, Ruhe! brülle ich gegen die Beatles im Hintergrund
immer bedacht, euch bei der Stange zu halten
das ist unser neuntes Treffen
die Stunde der strengen Formen, schreibt
euer erstes Sonett, ohne Schwatzen
sie haben Angst vor dem Schweigen, dem Verstummen, sich selbst
in einem statischen Raum ohne Spektakel
sie schwitzen sechzig Minuten oder Jahre
in ihrer Version der Hölle
und doch strengen sie sich an, stur, sie wollen
endlich Gedichte schreiben, sie oder die Gedichte
wollen von der Gewißheit des Schreibens überflutet werden
ich fülle sie wie gefüllte Paprika
und ich erkenne kaum, wo die Unstimmigkeit beginnt
zwischen Gedicht und Dichter
in wenigen schwachen Versen
quetschen sich zwölf mögliche Sonette zusammen
sie sagen, ich habe ihnen nicht genug
Musik, Worte, Inspiration vermittelt
alle bis auf ein ungeschminktes Mädchen
das schrieb sein Sonett mühelos
und schaute lange auf seine kleinen Hände
und dann auf die älteren Herrschaften, die endlos kritzelten
auf ihren Blättern, sie krakelten alle gleich
auf seinem Blatt
sind alle Zeilen richtig, es ist ein Gedicht
sie freut sich, packt ein, geht weg
trägt das perfekte Sonett ins Tageslicht
als ich sie fragte, ob sie noch mehr so gute Gedichte schreiben wolle
sagte sie: warum, das wär doch gemein, wenn dafür
mein Hamster und die Katze
verhungern müssten –

(Brigitte Oleschinski)

Širli Li (27), instruktorka plesa

U večernje sate kad plesom protiv stresa
savladavamo prva klecanja pred ritmom
svi radni ljudi se boje poezije
dok ne proplešu sa svojim sjenkama.

U večernje sate kad pete kuckaju,
a poletan baletan dočara puža golaća,
kad lete odijelca sa pudli koje skvikću
i čitava sala pleše slobodnim stilom,
valceriše i šišti u isti mah,
ja mirujem ko sova što je dovoljno rekla
pa sjela na strunjaču da s glavom iz krila
posmatra iznenadnu zbrku.
Pedeset raznih muzika talasa
glad i nesklad tijela u kolektivni šiz,
trepere rese i drukeri,
prolijeću prašnjave patike,
a kose se pletu sa grudnjacima.
U nizini u blizini zabrinuto posmatram
stonoge uzdahe dok se bacakaju
po patosu južnog i sjevernog pola
vezujući pertle, znojnice i dugmad
u zajednički rep.
Gle, svi ti ljudi koje sam porađala
igraju tvist sa svojom djecom,
razmjenjuju jezike i skrivene organe
bez svijesti o prekidu muzike.
Još neko vrijeme lagano se topilo,
a da nije znalo,
globalno salo.
Utiske su varili i besciljno gluvarili
posljednji plesači.
Tad je bio red da ustanem i pustim

novu krilaticu da ih ujedini,
ali nisam mogla umorna i stoglava
da saberem misli ispod praznih koševa
gdje se tražio potpuni poraz.
Šta to opet hoće, za šta se mole
anonimni ljudi iz plesne škole?
Ja već imam nekoliko engleskih imena
i pohađam elitni koledž. Mama mi je
visoka bankarska službenica, a tata
diplomata. I to je tek početak,
ovdje su rifrešmenti,
zaigrajmo ponovo.
Prvih pet minuta gledajte mi rebra,
danima sam jela samo ananas.

Shirley Lee (27), Tanzlehrerin

Am Abend tanzen wir gegen den Stress an
schaffen die ersten Kniefälle vor dem Rhythmus
alle arbeitenden Menschen fürchten sich vor Gedichten
bis sie mit ihrem Schatten tanzen.

Am Abend wenn die Absätze klackern
ein munterer Balletttänzer die Nacktschnecke mimt
wenn die Kleider von den winselnden Pudeln flattern
der ganze Saal Freistil tanzt,
gleichzeitig walzert und pfeift
ruhe ich still wie eine Eule die alles gesagt hat
die auf eine Matte sinkt und mit dem Kopf unter den Flügeln
das plötzliche Getöse betrachtet.
Fünfzig verschiedene Musikrichtungen wirbeln das
Verlangen und die disharmonischen Körper in den kollektiven Wahn
die Zottel flimmern und die Druckknöpfe
staubige Sportschuhe fliegen vorbei
die Haare verfangen sich in den BHs.
In der Kuhle, ganz nah, beobachte ich sorgenvoll
die tausendfüßigen Seufzer, ihr Wiegen auf dem Boden
des Süd- des Nordpols hin und her
das Flechten der Schnürsenkel, Schweißbänder und Knöpfe
in den gemeinsamen Zopf.
Schau, all diese Menschen habe ich geboren
sie tanzen Twist mit ihren Kindern
tauschen Zungen aus und innere Organe
und sie bemerken nicht, die Musik ist längst verstummt.
Für eine Zeit noch schmolz
unwissentlich
das globale Fett.
Die letzten Tänzer verdauten die Eindrücke
und vergeudeten planlos ihre Zeit.

Das war der Moment in dem ich hätte aufstehen müssen
ein Motto in den Raum werfen, um alle zu vereinen.
Doch müde und hundertköpfig konnte ich dort
wo die absolute Niederlage
unter den Basketballkörben verlangt wurde
meine Gedanken nicht sammeln.
Was wollen sie schon wieder, wofür beten sie
all die anonymen Menschen aus der Tanzschule?
Ich trage schon einige englische Namen
und besuche eine Eliteuni. Meine Mutter ist
eine hohes Tier im Finanzwesen, und Papa
ist Diplomat. Und das ist erst der Anfang,
hier sind die Refreshments
lasst uns noch einmal tanzen.
Schaut die ersten fünf Minuten nur auf meine Rippen
ich habe tagelang nur Ananas gegessen.

(Sünje Lewejohann)

Čajanke u Pol Kentu

Može da zvuči démodé,
ali moji gosti redovno pričaju o čaju,
vole miris kuhinje u kojoj neki Finac po majci
kuva makarone od jutra do čaja,
a onda uči u kuhinji iznad i čuva mir.

Kad sam birala dom, nisam se dvoumila,
fotke u brošuri bile su napucane
tamo gdje ima najviše štakora. Jedino je Kent
izgledao ogoljen ko napuštena vojna kasarna,
ljubav na prvi pogled, nakon rata.

Ovdje nema ni pauka, žute sintetičke mreže
na prozorima oštre vid, zelene odmaraju.
Simulacija prirode nad stolom bez vaze. Ne pričaj
o zaštićenim ženama u svojoj zemlji,
čavrljaj o vremenu o čaju o sniženjima. Uskoro će ostali
sjesti i uz pažljive osmijehe
odbiti čaj. Eni pije kamilicu samo kad je bolesna,

Sani nije čula za kamilicu, Bvamiju je previše blaga.
Tebi je stariji brat rekao da ne konzumiraš naše priloge/prijedloge.
Možeš da slušaš i ne povjeruješ.
Prošli put smo srkali engleske i kineske, danas je Bvami
zaboravio potpuri od starca iz Nigerije, crno-bijelog maga.

Cvijet kamilice ne podiže nivo serotonina. Bvami otvara ormarić,
hoće ovaltin. Ne polazi mu za rukom da nas povali
već nekoliko sedmica, dolazi uzalud. Kaže da nam nije privlačan
kao crnac s bijelim tabanima, tješimo ga, čeka te žena

i njen otac, moćni mag. To je svijet odakle nema povratka, žali se
jer voli Evropu, a i Sani, jer joj Azija tijesna. Eni je ravnodušna,
želi da putuje. Hoće da dođe u Bosnu i donese moje stvari –
nekoliko rječnika i ženski šinjel sa kornjačom na kragni.

Tea Parties in Paul Kent

Vielleicht hört es sich altmodisch an,
aber meine Gäste unterhalten sich regelmäßig über Tee,
sie lieben den Küchendunst, in dem jemand mit finnischer Mutter
Pasta bereitet vom Tagesanbruch bis zum Tee,
er studiert uns in der Küche und hütet den Frieden.

Mein Wohnheim wählte ich ohne Bedenken,
die Fotos in den Broschüren glänzten
selbst dort, wo es von Ratten wimmelte. Allein Kent
wirkte nackt wie eine verlassene Kaserne,
es war Liebe auf den ersten Blick, nach dem Krieg.

Spinnen gibt es hier nicht, die synthetischen gelben Gespinste
vor den Scheiben dengeln die Aussicht, während die grünen beruhigen.
Fingierte Natur überm Tisch ohne Vase. Sprich nicht
von behüteten Frauen in deiner Heimat,
lieber plaudere über das Wetter, über Tee, über Rabattaktionen. Bald werden sich
die anderen hinsetzen und vorsichtig lächelnd
den Tee ablehnen. Annie trinkt Kamille nur im Krankheitsfall,

Sunny hat nie von Kamille gehört, Bwami ist sie zu lau.
Der älteste Bruder hat dir geraten, von unseren Artikeln/Partikeln nichts zu genießen.
Du kannst zuhören und glaubst es nicht.
Beim letzten Mal schlürften wir englisch, chinesisch, heute hat Bwami
die Mischung vergessen vom schwarz-weißen Magier, dem Greis aus Nigeria.

Die Kamillenblüte erhöht den Serotoninspiegel nicht. Bwami öffnet das Kästchen,
sucht Ovomaltine. Schon seit Wochen schafft er es nicht,
uns flachzulegen, kommt folglich vergebens. Meint, er wär nicht attraktiv genug für uns
als Schwarzer mit weißen Fußsohlen, also trösten wir ihn, deine Frau wartet auf dich

wie ihr Vater, der erhabene Magier. Das sei eine Welt, in die es kein Zurück
gebe, klagt er,
denn er liebe Europa, wie Sunny, der Asien zu eng sei. Annie ist das egal,
sie will reisen. Sagt, sie wolle nach Bosnien, um meine Sachen zu holen –
Wörterbücher und den Damenmantel aus Chenille, eine Schildkröte am
Revers.

(Kathrin Schmidt)

Preispisivanje

Profesor Old je podijelio *Sinove i ljubavnike*
na nekoliko svježe isprintanih stranica
crnile se riječi, devedeset godina
čitao je jedno te isto djetinjstvo
iz ovog poglavlja treba da se izbaci
mjesto gdje su stvari krenule naopako,
vjeruje u naše sumnje u moderno
u godini s tri apsolutne nule
moli nas da se ne osipamo,
dobićemo parče prežvakanog Lorensa
iz koga je sinoć cijedio sokove
za našu limunadu.
Nismo žedni, on je u kolicima
dogurao piščevu voštanu figuru
bez glave, muvao se oko table, glava je
odavno bila njegova, na nama je
da uradimo praktičnu dekonstrukciju
ostalih nemuštih dijelova tijela,
kolikim simbolima prijeti smetlište!
kaže da su ovo posljednja humana rukovanja
značenjima, gladna sam i hladno mi je,
stojimo svečano u redu kao u bankama,
kad sam morala da biram parče za sebe
ostala je samo desna stražnja polutka, desna pesnica
od voštane figure do pjesničke sve je sterilno,
Old je pojeo glavu i nije se otrovao,
podijelio je ovo životno otkriće s akademijom,
gleda me strpljivo jer želi da uživam,
nek svako jede svoj komadić na savremen način,
kaže da su sva žvakanja jednako važna, kaže mi
da su svi pokazali svoj modus, pa moram i ja
posljednja u nizu, smiju se siti

svi prije mene, a ja
čula gladne plodne vode u sobi preko puta,
čula sebe iz sebe kako izrastam, cvjetam ulijevo
tamo gdje žene pronalaze neke stare sveske,
dovoljno razloga da skrenem.

Wiederfertigschreibung

Professor Old teilte *Söhne und Liebhaber* aus,
die Worte schwärzten
die frisch ausgedruckten Seiten, neunzig Jahre
las er ein- und dieselbe Kindheit
aus diesem Kapitel sollte die Stelle
herausgenommen werden, an der die Dinge umgekehrt beginnen,
er glaubt an unsere Zweifel an der Moderne,
in dem Jahr mit den drei absoluten Nullen
bittet er uns, dass wir nicht auseinanderfallen,
wir werden ein Stückchen des durchgekauten Lawrence bekommen,
aus dem er gestern Flüssigkeit presste
für unseren Zitronensaft.
Wir sind nicht durstig, er hat im Rollwagen
die Wachsfigur des Schriftstellers hereingeschoben
ohne Kopf, er schlich um die Tafel, der Kopf
gehörte ihm schon lange, und nun ist es unsere Aufgabe,
die praktische Dekonstruktion der
anderen, sprachlosen Körperteile zu vollziehen,
derart großen Symbolen droht die Müllhalde!
Er sagt, das seien die letzten humanen Handgriffe
an Bedeutungen, ich habe Hunger und mir ist kalt,
feierlich stehen wir in einer Reihe wie in der Bank,
als ich mein Stück auswählen sollte,
war nur noch die hintere rechte Hälfte übrig, von der rechten Faust
der Wachsfigur bis zur poetischen ist alles steril,

Old aß den Kopf und vergiftete sich dabei nicht,
er teilte diese Lebensentdeckung mit der Akademie,
er sieht mich geduldig an, denn er will dass ich genieße,
jeder soll sein Stückchen auf zeitgenössische Art essen,
er sagt, jedes Kauen sei gleich wichtig, er sagt zu mir,
jeder habe seinen Modus gezeigt, das müsse auch ich tun,
die letzte an der Reihe, satt lachen
alle vor mir, und ich
hörte das hungrige Fruchtwasser im Zimmer gegenüber,
hörte mich, wie ich aus mir herauswachse, ich blühe nach links,
da wo Frauen manche alten Hefte finden,
genügend Gründe, um den Weg zu verlassen.

(Àxel Sanjosé)

Desert u biblioteci

Radim u podrumu sa rijetkim knjigama
i motrim dobroćudne kratere
na licima čitača.

Dok sijeva, kopir-aparat
razotkriva sijede i podočnjake,
grmi na svaku stranicu
u pravilnim razmacima.

Poneka lampa umnožava
nervozne sjenke
pa stolovi titraju.

Dok sređujem kataloge
istražujem pomijeranja
u torbama pritajenih knjigoždera.

Ponekad ulovim oko
neke ribe, trzaj zeca

i red čokolade među prstima.

Ovdje je dozvoljena samo voda
u flašama, sve ostalo ima miris
dalekih marketa.

Žena prije mene tjerala je napolje
uvažene akademske
gurmane,
tražila mrlje po knjigama.

Danas ih je manje
i otvoreno mljackaju
valjda vodu,

ustaju i nose svoje malo blago
u debelim skriptama.

Nachtisch in der Bibliothek

Ich arbeite im Keller mit raren Büchern
und entdecke gutmütige Krater
auf den Gesichtern der Leser.

Derweil es blitzt, entdeckt der Kopierer
graue Haare und Augenringe
gleitet auf jede Seite
in festem Rhythmus.

Manche Lampe vervielfacht
nervöse Schatten
und die Tische zittern.

Während ich Kataloge einordne
erforsche ich die Bewegungen
in den Taschen der heimlichen Librophagen.

Mitunter fange ich das Auge
eines Fischs, das Zappeln eines Hasen

und einen Schokoriegel zwischen den Fingern.

Nur Wasser in Flaschen
ist hier erlaubt, alles andre hat den Geruch
ferner Märkte.

Meine Vorgängerin vertrieb
angesehene akademische
Feinschmecker
fahndete nach Flecken in den Büchern.

Heute sind ihrer weniger
und sie schmatzen offen
vermutlich das genehme Wasser

sie erheben sich und tragen ihren kleinen Schatz
in dicken Skripten.

(Richard Pietraß)

Tatjana Bijelić

Dessert in der Bibliothek

Ich arbeite im Keller mit seltenen Büchern
und beobachte artige Abgründe
auf den Gesichtern.

Beim Blitzen entdeckt der Fotokopierer
graue Haare und Augenringe,
er belfert nach jeder Seite
in geregeltem Rhythmus.

Manch eine Lampe vervielfacht
nervöse Schatten,
die Tische vibrieren.

Während ich Kataloge sortiere,
ergründe ich die Bewegungen
in den Taschen der heimlichen Bücherfresser.

Mitunter fang ich das Auge
des Fischs, das Zucken des Hasen

und einen Schokoladenriegel zwischen den Fingern.

Hier ist nur Wasser erlaubt
in Flaschen, alles andere hat den Geruch
der abgelegenen Supermärkte.

Die Frau vor mir scheuchte
achtbare akademische
Feinschmecker hinaus,
suchte nach Flecken in Büchern.

Heute sind´s weniger
sie schmatzen ungeniert,
Wasser vermutlich,

sie stehen auf und tragen ihren kleinen Schatz
in dicken Skripten davon.

(Kathrin Schmidt)

Šta ćemo s knjigama?

Kupili su stan, stvaran i prostran
kao pseća kućica, kompaktan
ko kučeća loža, u gradu koji liči
na ostale gradove u stanju skučavanja,

u stanu su uski otvori,
dovoljno za tijelo bez vode
u ćelijama, jedno od njih usukano
izučava strelice na zidu, ovaj mali
klaustrofobijum može da se proširi
tapkanjem prstiju po raznosmjernim znacima,

vidi, otvaraju se prostori, staće nam sve
iz stare kuće, ovdje to zovu slotovima,
i nije baš lijepa riječ, u ravnini očiju
ljudi koje voliš stanuju u ladici u zidu,
u ostalim pretincima veliki i mali
predmeti, dosta hrane, zaštićen izvor vode,
programirani obroci, tastature, ekrani,
sredstva za poliranje, sedativi,
razne potrepštine, uklopilo se

sve osim nekoliko kutija knjiga,
čekaju pred rupom neraspoređene,

stan ih podsjeća na dnevne novine
bez kulturne rubrike, neko je predložio
da se prodaju s popustom one koje nisu
pročitane dvaput

potrebne su nove selekcije, odbacivanje
u okoliš, uzeće ih lutalice, azilanti
i prepošteno vratiti do vrata stana

biće im žao, kao iz filma

gdje odbačeno kuče pronađe gazdu
koji ga je danima sakatio,
biće im žao, mnoge su s posvetom

mole pisce za izvinjenje,
kad bi bar neko nešto kupio, bilo bi lakše
kupili bi stan sa više slotova,

ako se budu pisale knjige
udomiće nove,
slagaće ih dok ne popune praznine –

kupili su stan, stvaran i prostran
čitali su mnogo pa se istrošili,
novca je ostalo dovoljno

za jednu kutiju šibica.

Was machen wir mit den Büchern?

Sie haben sich ein Apartment gekauft, real und geräumig
wie eine Hundehütte, kompakt
wie eine Hundeloge, in einer Stadt,
deren Einengungsgrad dem anderer Städte gleicht

schmale Öffnungen sind in dem Apartment,
die vollauf genügen für Körper mit Flüssigkeitsmangel
in den Zellen, einer ist schon ganz ausgezehrt,
untersucht die Pfeilchen an der Wand, dieses kleine
Klaustrophobium hier lässt sich erweitern,
indem man die unterschiedlichsten Zeichen antippt

schau, die Fenster lassen sich öffnen, es gibt Platz
für all unseren Kram, das hier nennt man Slots
und es ist kein schönes Wort, in Augenhöhe schlafen
die, die du liebst, in einer Lade an der Wand,

in anderen Fächern große und kleine
Dinge, reichlich Fressalien, eine genehmigte Wasserquelle,
programmierte Speisen, Tastaturen, Bildschirme,
Polier- und Beruhigungsmittel,
diverse Apparaturen, alles gut eingepasst

bis auf ein paar Kartons mit Büchern
die vor dem Loch warten

das Apartment erinnert sie an eine Zeitung
ohne Kulturteil, jemand kam auf die Idee,
die nur einmal gelesenen
billig zu verkaufen

es bedarf neuer Distributionswege, Absonderung
in die Umwelt – Obdachlose und Asylanten nehmen sie mit
und bringen sie überfürsorglich wieder zurück

es wird ihnen Leid tun, wie in einem Film,
wo ein verstoßenes Hündchen zurückkommt zu seinem Halter,
der ihn tagelang gequält hat,
es wird ihnen Leid tun, viele tragen eine Widmung

sie bitten die Autoren um Vergebung,
wenn nur wer welche kaufte, wäre es leichter,
sie könnten eine Wohnung kaufen mit noch mehr Slots,
und falls neue Bücher geschrieben werden,
werden sie ihnen Heimat sein,
werden sie sie aneinanderreihen, bis die Leerstellen verschwinden –

sie haben sich ein Apartment gekauft, real und geräumig,
sie haben viel gelesen und das war teuer,
es ist gerade noch genügend Geld

für eine Streichholzschachtel da.

(Ron Winkler)

Tatjana Bijelić

Wohin mit den Büchern?

Sie kauften eine Wohnung, erträumt und geräumig
wie eine Hundehütte, kompakt
wie ein Hundehome, eng
wie in anderen Städten

in der Wohnung sind schmale Öffnungen
weit genug für den dürstenden Körper
in Zellen, einer von ihnen ist schlacksig
und erforscht die Pfeile an der Wand, dieses kleine
Klaustrophobium kann man erweitern
per Fingerdruck auf Mehrwegzeichen,

sieh, die Fenster sich öffnen, alles wird hineinpassen
aus dem alten Haus, man nennt sie Slots
kein schönes Wort, auf Augenhöhe
Menschen, die du liebst, wohnen in Schüben an der Wand
in andren Fächern große und kleine
Gegenstände, Lebensmittel, eine geschützte Quelle
programmierte Mahlzeiten, Tastaturen, Bildschirme,
Polier- und Beruhigungsmittel
verschiednes Zubehör, alles hat hineingepaßt

bis auf einige Bücherkisten
sie warten vor dem Einschiebloch, ungeordnet

die Wohnung erinnert an Tageszeitungen
ohne Feuilleton, einer schlug vor
jene mit Rabatt zu verkaufen
die kein zweites Mal gelesen wurden

es bedarf neuer Selektion, Abschiebung
in die Umwelt, Penner, Asylanten werden sie mitnehmen
und überkorrekt zur Wohnungstür zurückbringen

es wird ihnen leid tun, wie im Film

wenn ein ausgesetztes Hündchen sein Herrchen findet
das es tagelang mißhandelt hatte
es wird ihnen leid tun, viele tragen Widmungen

sie bitten die Autoren um Verzeihung
wenn nur jemand etwas kaufen würde, es wäre leichter
wenn Bücher geschrieben werden
werden sie den neuen ein Zuhause geben
sie aneinanderreihen, bis die Lücken geschlossen sind –

sie haben eine Wohnung gekauft, erträumt und geräumig
haben viel gelesen und viel Geld ausgegeben
Geld genug ist übriggeblieben

für eine Zündholzschachtel.

(Richard Pietraß)

Starac i laptop

Jutros su stranci spustili paket
na starčev sporedni, neradni sto,
skromna donacija, reče mu prevodilac
i sva trojica zaklimaše glavama,
polako, polako, rakija, ćevapi
banjaluka lijepe sise, jeees

I smijao se starac, pa zar je to
onih mojih pet minuta koje iščekujem
čitav život da mi stane u par riječi
stida i golotinje, a tolike škole
i funkcije na plećima, pa zar je to
hvala mojim neprospavanim noćima
u skupštinama, bolnicama, zatvorima,
pa zar im nisu
rekli ko sam, šta sam, zar nisu
ni djelić moje biografije
naučili napamet?

Nisu ni kafu popili, toliko obaveza
u kafani preko puta, na divljem sastanku,
a starac je sam pristavio vodu,
izigravao ličnu sekretaricu
koju je otpustio u vrijeme krize
zbog neposlušnosti.

Popiće on sve tri kafe, održati tri monologa
i radiće to dovoljno dugo
da se prilagodi
novonastaloj muci što uporno viri
iz kartonske kutije, takozvani laptop
u kancelariji gdje se razbaškario
sam sa zarđalom pisaćom mašinom,
a onda će doći fotograf, najavio se,

da uradi prilog za dnevne novine
o novoj mašini sa starcem u pozadini,
možda bi bilo dobro da se izvadi iz kutije,
neka to fotograf uradi,
a još ga nema
podne se primaklo, starac zuri
u slova na kutiji, ne znače mu ništa
misli na sutra, sutra je miran dan,
a on je ipak jedini i glavni
čovjek na ovom institutu.

Tatjana Bijelić

Der alte Mann und der Laptop

Gestern legten die ausländischen Besucher das Paket
auf den Nebentisch, den Nichtarbeitstisch des alten Mannes
eine bescheidene Spende, sagte der Übersetzer zu ihm
und alle drei nickten mit den Köpfen
langsam langsam Schnaps Tschewaptschitschi
Banjaluka schöne Titten yeeees

Und der alte Mann stöhnte, sind das jetzt
meine fünf Minuten, auf die ich ein Leben lang
gewartet habe, ein paar peinliche
Klischees gegen soviel Bildung
und Verantwortung auf meinem Schultern, ist das jetzt
der Dank für die durchwachten Nächte
in Parlamenten, Krankenhäusern, Gefängnissen
hat ihnen denn keiner gesagt
wer ich bin, was ich bin, haben sie denn
kein Fitzelchen meiner Biografie
auswendig gelernt?

Sie haben auch keinen Kaffee getrunken, so viele Verpflichtungen
in der Kneipe gegenüber, beim zwanglosen Treffen
obwohl der Alte Wasser aufgesetzt hat
und die Privatsekretärin spielte
die er in Krisenzeiten entlassen hatte
wegen Unbotmäßigkeit.

Er wird alle drei Tassen Kaffee trinken, drei Monologe halten
und er wird das lang genug ausdehnen
um sich vor der neuen Zumutung zu drücken
die hartnäckig herausschaut
aus dem Karton, ein sogenannter Laptop
in dem Büro, in dem er sich breitgemacht hat
allein mit der verrosteten Schreibmaschine
und dann wird der Fotograf kommen, er hat sich angekündigt

wegen eines Beitrags für die Tageszeitung
über das neue Gerät mit dem Alten im Hintergrund
vielleicht wäre es gut, das Ding auszupacken
das soll der Fotograf machen
aber der ist noch nicht da
der Mittag ist herangerückt, der Alte starrt auf
die Schrift auf dem Karton, sie sagt ihm gar nichts
er denkt an morgen, morgen ist ein ruhiger Tag
er ist immerhin der einzige und wichtigste
Mann in diesem Institut.

(Brigitte Oleschinski)

Roditeljka

Riječju utrobe
svukla je sfingu s mjeseca
lavoliku repaticu,
dva kraka posadila u glib.
Grivom omotala jezik, uvela ga
u svijet. Darivala muškoj djeci.
Zanijemila.
S nepca joj popadaše zvijezde
svaki zub zaboli ko kolac
ženu čija se usta stegla
u srp.
Obezjezičena broji mijene, mumla
izvan nijeme vjere
na tronošcu zapostavljena.

Die Elterin

Mit dem Mutterleibwort
zog sie die Sphinx vom Mond
den löwenähnlichen Kometen
zwei seiner Zacken pflanzte sie in den Schlamm.
Umwickelte mit der Mähne die Zunge, führte sie
in die Welt hinein. Beschenkte die männlichen Kinder.
Verstummte.
Die Sterne fielen ihr aus dem Gaumen
Jeder Zahn schmerzte wie ein Splint
dieser Mund einer Frau der sich zur Sichel verzog.
Zungenlos zählt sie nun die Phasen, murmelt
fernab des stummen Glaubens
vernachlässigt auf dem dreibeinigen Stativ.

(Sünje Lewejohann)

Tanja Stupar-Trifunović

Žene

One krvare kad se raspukne jajašce u njima ili od ljubavi
ono zri kao mala smrt i šapuće ako me niko ne dotakne
ako me niko
ako
izliću se
i tako stalno u sebi noseći život i smrt one šeću uokolo
i smješkaju se
kao da nema te male rane
lete vazduhom njihove male ruke oko okovratnika tvoje košulje
koji se uvrnuo
kada neka od njih umre one uzdišu
i kažu
jadnica
a sada je mogla da živi i moglo je biti sve u redu
eh naša mala kako je bila vesela pa se osmjehnu pa se zaplaču
eh sada je mogla da živi k'o prava žena
I onda njihovi mali jezici premeću nju po ustima koja narasta do vrline
i tiho zaspe
jer one sad već jure kućama svojima
one stalno govore svojima
napravila sam sarmu
svojima
oprala sam veš
svojima
bila sam kod svojih na selu
a ponekad vikendom odu i njegovima jer i njegovi su svoji
one vole da svojataju
i čvrsto ograde svoje male posjede
Čim trepneš one nestanu
one žure žure
i nikud ne stižu
one su umorne

one brzo pričaju krišom plaču i novoj odjeći pripisuju regenerišuću moć novog života
One govore jedne o drugima lijepo
one govore jedne o drugima ružno
one su brbljive ćutljive ćudljive one imaju stresove i pms-ove
Ne razumjem ih
Ne razumjem te
govorim ja ženi nasuprot mene koja me gleda sa svojim umorima sa svojim borama i nervozama
Mama govorim ja njoj mama
ali sad moraš biti čvrsta kaže ona i uvijek od sad moraš biti čvrsta kaže ona
dok hodnik zvoni od jednog glasa
Mama mama mama
šta radiš tu unutra više mama

die frauen

sie bluten aus liebe oder sie bluten wenn in ihnen das ei platzt
es reift wie ein winziger tod heran und es flüstert wenn mich niemand berührt
wenn mich niemand
wenn
werde ich vergehen
sie tragen das leben und den tod immer bei sich gehen spazieren
und lächeln
als ob es diese wunde nicht gäbe
lassen ihre kleinen hände durch die luft flattern um deinen kragen herum
der ganz verdreht ist
stirbt eine von ihnen seufzen sie
und sagen
die arme
dabei hat doch ihr leben gerade erst begonnen dabei war doch alles endlich gut
ach unsere kleine sie war so fröhlich und dann lächeln sie und dann kommen ihnen die tränen
ach jetzt hätte sie leben können wie es sich für eine frau gehört
und dann nehmen sie ihre kleinen zungen in den mund und dort wachsen sie sich zu einer
tugend aus
und schlafen dann leise ein
denn sie eilen schon zurück in ihre häuser
sie sagen den ihrigen
ich habe kohlrouladen gemacht
den ihrigen
ich habe die wäsche gewaschen
den ihrigen
ich war bei den meinen im dorf
und manchmal an den wochenenden gehen sie auch zu den seinen denn die seinen

sind auch die ihrigen
sie lieben es dinge in besitz zu nehmen
und ihre besitztümer umzäunen sie sicher und fest
ehe du mit der wimper zuckst sind sie schon wieder weg
sie eilen eilen
und kommen nirgends an
sie sind müde
sie sprechen schnell weinen heimlich und neuer kleidung sprechen sie die
erneuernde macht eines neuen lebens zu
sie sprechen gut übereinander
sie sprechen schlecht übereinander
sie sind gesprächig schweigsam eigenartig sie haben stress und pms
ich verstehe sie nicht
ich verstehe dich nicht
sage ich zu der frau mir gegenüber die mich anschaut voller erschöpfung
und falten und
neurosen
mama sage ich zu ihr mama
du musst jetzt stark sein sagt sie ab jetzt musst du auf ewig stark sein
sagt sie
während das verhallen einer stimme erklingt
mama mama mama
was machst du da drinnen jetzt noch mama

(Sünje Lewejohann)

Otkrivanje svijeta majki

Mi pričamo o ljudima s podsmjehom hineći da smo bolji od njih i da umjemo više
jedan je lažov drugi je lopov treći je glupak a ona mala plavuša ona je neviđena koza
naši nadređeni su kreteni naši podređeni su idoti i očigledno je ovdje samo nas dvoje nečemu vrijedimo u svoj ovoj žabokrečini jadu i dosadi
u ovoj mizeriji i površnosti u ovoj lokvici u koju se svako ispiša i ode
ti govoriš u pičku materinu nikad ne bih mogao postati ovakvom nakazom
dok mjerkaš svijet kojim smo omeđeni i ljude koji prolaze kraj nas
ja gledam kako pred mojim očima postaješ malom nakazom i osvajaš mi srce samo zato što naivno vjeruješ da se to nikad neće dogoditi i kad me pogledaš u oči u njima piše da neće i da si vrijedan ljubavi što tebe drži mirnim čitava dva dana
oduvijek si htio biti drugačijim potukao bi se zato umro bi samo da ne pristaneš
na ovo na ove ljude ovaj televizor i činjenicu da tvoj stomak postaje veći od tvojih čvrstih stavova
o dječače svijet velikih muškaraca je tegobno mijesto brazda preorana lažima
junaci su uvijek smješteni negdje u daleku prošlost
svaki dan dok se ustaješ i briješ oni su sve dalje od tebe a ti si sve usamljeniji
vrijeme je da otkriješ svijet majki možeš da staviš glavu na moj dlan
i one će doći iz dalekih dvorišta da te pomiluju i uspavaju
majke su uvijek blizu
sve one imaju u kući jednu malu sobu u kojoj čuvaju svoj plač slatkiše i brigu za tebe
Ne
kažem ja
ne brini nikad nećeš postati kao oni
moj dlan je hladan a tvoje čelo vruće i divlje
sve ovo oko nas sve što vidiš samo je scena samo je dekor našoj ljubavi
u priči u kojoj mi pobjeđujemo

Die Entdeckung der Welt der Mütter

Wir sprechen mit den Menschen mit einem verschmitzten Lächeln und
denken wir seien besser als sie und könnten mehr
der erste ist ein Lügner der zweite ein Dieb der dritte ein Dummkopf
und die kleine Blondine eine beispiellose Ziege
unsere Vorgesetzten sind Kretins die Untergebenen Idioten und
augenscheinlich sind nur wir zwei hier etwas wert in diesem Kaff diesem
Elend und der Langeweile
in dieser Misere und Seichtigkeit in diesem Tümpelchen in das jeder
hineinpisst dann weggeht
du sagst verdammt nie könnte ich solch ein Monster werden
während du die Welt beäugst um uns herum und die Menschen die an
uns vorbeigehen
ich sehe zu wie du vor meinen Augen zum kleinen Monster wirst du
eroberst mein Herz
nur weil du naiverweise glaubst es widerführe dir nie und wenn du mir
in die Augen schaust steht in ihnen geschrieben dass es niemals geschieht
und dass du liebenswert bist und das lässt dich ruhig bleiben zwei volle
Tage
immer wolltest du anders sein du würdest dich prügeln du würdest
sterben nur um nicht darauf eingehen zu müssen
auf diese Menschen dieses Fernsehgerät und die Tatsache dass dein Bauch
mächtiger wird als deine festen Ansichten
oh Junge die Welt der großen Männer ist ein düsterer Ort eine Scholle
die mit Lügen gepflügt ist
die Helden sind noch immer in weiter Vergangenheit
jeden Tag während du aufstehst und dich rasierst geraten sie weiter von
dir fort und du wirst immer einsamer
es ist Zeit dass du die Welt der Mütter entdeckst du kannst deinen Kopf
auf meine Hand legen
und sie werden aus fernen Gärten kommen um dich zu streicheln und in
den Schlaf zu wiegen
die Mütter sind immer nah

sie alle haben ein Haus ein kleines Zimmer in dem sie Tränen
Süßigkeiten und Kummer für dich aufbewahren
Nein
sage ich
hab keine Sorge niemals wirst du so werden wie sie
meine Hand ist kalt und deine Stirn heiß und hitzig
alles was du siehst um uns herum ist nur eine Szene ist nur eine
Arabeske unserer Liebe
in der wir triumphieren werden

(Kathrin Schmidt)

Zamršeno klupko porodične istorije

Gledala sam na buvljaku slike austrougarskih oficira
ušiljeni brčići visoki zalisci
pet eura komad
Moj pradjed je bio austrougarski vojnik
da je poginuo nikad se ne bi rodio moj djed
djed je u partizanima preležao tifus da je umro
nikad se ne bi rodila moja majka
Mamu je umalo pojela krmača
da je pojela ja se nikad ne bih rodila
Kad je pukao kondom znala sam
da je moja kćer
odjek beskrajnog DA u svemiru

Das wirre Knäuel der Familiengeschichte

Auf dem Flohmarkt sah ich Fotos österreichisch-ungarischer Offiziere
mit gezwirbelten Schnurrbärten tiefen Geheimratsecken
fünf Euro das Stück
Mein Urgroßvater war österreichisch-ungarischer Soldat
wäre er gefallen mein Großvater wäre nie geboren worden
Großvater überlebte bei den Partisanen den Typhus wäre er gestorben
meine Mutter wäre nie geboren worden
Mama wäre beinah von einer Sau gefressen worden
wäre sie gefressen worden hätte sie mich nie geboren
Als das Kondom riß wußte ich
daß meine Tochter
das Echo des endlosen Ja im Weltall ist

(Richard Pietraß)

Ne umijem

Mama pije kafu tata pije kafu dijete čita atlas za treći razred osnovne škole
prijepodne i poslijepodne kafa ima isti ukus
atlas opisuje novi i drugačiji svijet
tata kaže mama
mama kaže tata
idem da odspavam
idem da odspavam

A ja
Ti čitaj atlas
A ja
Ti otkrivaj svijet

Ne ne želim da ti kažem
Da su sve žene iste svi muškarci isti sva djeca ista
Ne nemam snage da budem atlas u tvojim rukama
Samo
Želim ti reći da te volim
Ali ja to ne umijem
Ne umijem
Moj atlas je prepun starog svijeta i sudara kontinenata

Ich weiß nicht wie

Mama trinkt Kaffee Papa trinkt Kaffee das Kind blättert im Atlas für die dritte Grundschulklasse
am Vormittag und am Nachmittag hat der Kaffee denselben Geschmack
der Atlas dokumentiert eine neue und andere Welt
Papa sagt Mama
Mama sagt Papa
Ich lege mich schlafen
Ich lege mich schlafen

Und ich
Du schau in den Atlas
Und ich
Du entdecke die Welt

Ich will dir nicht einfach sagen
Dass alle Frauen sich gleichen alle Männer sich gleichen alle Kinder sich gleichen
Ich habe die Kraft nicht der Atlas in deinen Händen zu sein
Ich will dir
Lediglich sagen dass ich dich liebe
Aber ich weiß nicht wie
Weiß nicht wie
Mein Atlas birst von der Fülle der alten Welt den Kollisionen der Kontinente

(Kathrin Schmidt)

Priroda naših odnosa

Čak i istorija anđela je promjenjiva a kamoli naše ljubavi
Oni su sada ogromni sa velikim bijelim krilima i bijelim tangama
iz kojih se njišu razdijeljene polovine njihovih zadnjica
očitujući jaz u meni i moju unutarnju raspolućenost
dok ti nježan i plav lebdiš za njima pričajući o vječnom ženskom
koje opija i nadahnjuje
Vanjsko je samo projekcija nutrine možda i oni mogu da nas spasu
anđeli sa lcd ekrana dok sa savršene slike njihova crna kosa lebdi ka nama
mirišljava i meka
skoro da možemo da ih dotaknemo skoro da nam pera njihovih krila
bodu nosnice i guše nas u grlu
skoro da ih ne možeš poželjeti koliko je sve bijelo na njima i koliko je put
njihova besprijekorna
skoro da su kao nas dvoje dok pijemo kafu i držimo za ruke poslije toliko
godina

das wesen unserer beziehungen

selbst die geschichte der engel ist sprunghaft und die unserer liebe ist es auch
heute sind sie riesig große weiße flügel stringtangas in weiß aus denen die entzweiten hälften ihrer hintern wackeln
sie offenbaren meine abgründe meine innere zerrissenheit
während du nur zärtlich und blond hinter ihnen auftauchst dahinschwebst und von dem ewig
weiblichen erzählst das betört und inspiriert
das äußere ist nur die projektion des inneren und es mag sein dass sie uns retten können
die engel vom lcd display während vom perfekten bild ihr schwarzes haar zu uns herüberweht duftend und weich
beinahe können wir sie berühren beinahe dringen die federn ihrer flügel in unsere nasen und rachen
beinahe wirst du dir von ihnen nichts zu wünschen wissen denn alles an ihnen ist so weiß und so makellos ist ihre haut
beinahe sind sie wie wir zwei so wie wir hier sitzen den kaffee trinken und unsere hände halten
nach all den jahren

(Sünje Lewejohann)

Iza onih drugih vrata

Stalno to radim osim što maštam da ćeš me poljubiti u wc-u kada niko ne
pere ruke i niko ne piša iza onih drugih vrata i osvojiti me potpuno tim
poljupcem ja zavirujem u tuđe živote i pravim njihove zapisnike
u autobusu baba klati svoje kratke noge kao djevojčica koja ne može
dotaknuti pod tako je daleko tako je daleko nikad neće porasti do njega
pun autobus njenih godina joj se podsmijeva ali ona će umrijeti prkosna
vidim joj na licu
Profesorica matematike kupuje vibrator kaže pa ne mogu to raditi s
učenicima
profesorica matematike je jako usamljena među brojevima i među
ljudima ali ne mogu ti govoriti o tome dok me ljubiš jer neko može naići
i dok ja zamišljam može mi pokidati sav moj paučinasti svijet i zato ćutim
Nisam ti rekla ni o mom prijatelju piscu koji fotografiše grč na licu
njegove žene u trenucima razvoda da bi mogao poslije da piše o tome
Ti si premlad u tvom svijetu ljudi su još uvijek skupa i drže se čvrsto za
ruke
Ne psuju jedni druge imaju oreol naših majki nad glavama koje nikada
nisu govorile popuši mi kurac i jebem ti majku kretensku
One su imale kućne haljine umjesto plastičnih kućnih kuraca za sumorna
popodneva
One su išle u rađaone a očevi su nam išli u lov i u rat
One su imale dlakave noge i pazuhe a oni su imali brkove
Mi smo glatke naši muževi su glatki oni idu u samuposlugu po uloške i
supu iz kesice
Jedno je sigurno i naši roditelji i mi smo jednako nesrećni
Ali ne govorim ti o tome jer ti umiješ da me ljubiš a ja znam sve da
zaboravim
u tom trenutku dok niko ne pere ruke
i ne piša iza onih drugih vrata

hinter jener anderen tür

mache ich das andauernd außer ich phantasiere du küsst mich auf dem klo wo sich keiner die hände wäscht nach dem pissen hinter jener anderen tür und eroberst mich mit diesem kuss ganz und gar wo ich in fremde leben blicke und sie protokolliere
im bus läßt eine alte frau ihre kurzen beine baumeln wie ein mädchen das nicht bis zum boden reicht er ist so weit weg so weit weg dahin wird sie niemals wachsen
der ganze bus in ihrem alter lacht sie aus aber sie wird in würde sterben das sehe ich an ihrem gesicht
eine mathematikprofessorin kauft sich einen vibrator sagt ich kann es wohl kaum mit den schülern treiben
die mathematikprofessorin ist sehr einsam zwischen zahlen und menschen aber ich kann dir davon nicht erzählen während du mich küsst denn irgendwer könnte reinkommen während ich mir das vorstelle
und könnte mir meine ganze spinnwebwelt zerreißen und deshalb sage ich nichts
ich habe dir nie erzählt von meinem freund schriftsteller der das verzerrte gesicht seiner frau fotografierte beim scheidungsprozess um später darüber schreiben zu können
du bist zu jung in deiner welt bleiben die menschen immer zusammen und halten händchen
sie fluchen nicht sie trauen den heiligenscheinen unserer mütter die niemals sagten blas mir einen oder leck mich am arsch du schwachkopf
sie hatten hausmäntel statt hausschwänzen aus plastik für düstere nachmittage
sie kamen in die kreissäle und unsere väter gingen auf die jagd und in den krieg
sie hatten behaarte beine und achseln und schnurrbärte hatten die
wir sind samtweich unsere ehemänner sind weich sie gehen in den supermarkt kaufen uns binden und tütensuppen
sicher ist unsere eltern wie auch wir sind gleich unglücklich
aber ich rede nicht davon denn du bist gut im küssen und ich kann alles vergessen in diesem augenblick wo keiner sich die hände wäscht nach dem pissen hinter jener anderen tür

(Brigitte Oleschinski)

O mračnim sobama i muškarcima u njima

Ti čekaš da te ja zovnem u mračnu sobu i skinem jer već imam dovoljno godinama da bih to trebala znati o mračnim sobama i muškarcima u njima
Ti znaš da sam ja od onih žena što skidaju druge i same sebe i najzad legnu kraj tebe kao da će da umru i da im od tih grčevitih pokreta zavisi život jer ako ne umiru čemu onda sve to

Ti maštaš o trenucima kad si nježan kad si grub kad ja nestajem u tvojim rukama
i preoblikujem se u nešto drugo u majku u sestru u omiljenu profesoricu u doktoricu koja ti je vadila krajnike u radnu kolegicu sa velikim grudima
u život u smrt u sve ono što voliš i mrziš u čemu si htio da nestaneš da se uliješ da budeš da ne budeš

I mogao bi tako lako da me ubiješ samo ako progovorim i podsjetim te na to
da sam tvoja žena

Über dunkle Zimmer und Männer darin

Du wartest dass ich dich in ein dunkles Zimmer rufe und ausziehe weil ich alt genug bin das zu wissen über dunkle Zimmer und Männer darin

Du weißt ich bin eine von diesen Frauen die andere ausziehen und dann sich selbst und die sich zuletzt neben dich legen als wollten sie sterben und dass von diesen Krämpfen ihr Leben abhängt denn wenn sie nicht sterben warum dann all das

Du fabulierst von Augenblicken in denen du zärtlich bist in denen du grob bist in denen ich in deinen Armen verschwinde und mich verwandle in die Mutter die Schwester die Lieblingsprofessorin die Ärztin die dir die Mandeln rausnahm und die Kollegin mit dem großen Busen des Lebens und des Todes all das was du liebst und was du hasst worin du verschwinden wolltest hineinfließen wolltest um zu sein und um nicht zu sein

Und wie leicht du mich töten kannst wenn ich zu sprechen beginne und dir vor Augen führe dass ich deine Frau bin

(Ron Winkler)

Kao što bi i on uzeo tebe...

Htjela sam reći nešto
Ali sam se našla u klopci nemogućnosti

Lijepo nije dovoljno
Znanje nije dovoljno
Umjetnost nije dovoljna
Ljubav nije dovoljna
Istina nije dovoljna
Ja nisam dovoljna

Dok si me ljubio gledala sam preko tvoga ramena automobile na parkingu
Ti imaš lijepe oči lijepe usne tople ruke
Lijepo je sve je lijepo
to je upravo taj portret čežnje
Ali ja dok zamišljam ovu sobu i nas jednako stanujem u prozorskom oknu
Koliko u tebi i u sebi
U nogama koje nas odonose kao i u strmim stepenicama
Nema nikoga ovdje nema nikoga
Da nas vidi da nas čuje da nas osjeti
Nema nikoga
Ovdje smo sami od njih i od nas
Ti mi šapućeš da nema nikoga ja ponavljam da nema nikoga
Ali stalno imamo utisak da nas neko gleda
zapravo to smo mi
znaš u tim stvarima
i po svim tim stolicama nehajno razbacanim po tavanu
sjedimo mi
i gledamo u nas

Prizori nisu dovoljni
Dodiri nisu dovoljni
Hrabrost nije dovoljna
Riječi odavno nisu dovoljne
Uvuci te ruke u moju kosu i jezik u moja usta

Uvuci tu ćutnju u mene
da se parimo tišinom zmija kako one to nečujno klize
u nama ka nama po nama
Želja nije dovoljna
Imaš meku kožu za njih za starice u meni
Ti si još dijete
One kidišu na tebe one gube stvari po mojoj kući
One ostavljaju svoje proteze po mojim ormarima
One kažu
Uzmi ga
Uzmi ga
Uzmi ga
Imamo sto godina imamo hiljadu godina imamo milion godina
Čekamo i gladne smo
Ništa nije dovoljno
Uzmi ga
iako ništa nije dovoljno
da zadovolji našu glad
Uzmi ga
Vidi ga isti je naši sinovi naša braća naši očevi naši djedovi
naši svi sa kojima nikad nismo smjele
stare smo stare i usamljene
jako smo stare i jako usamljene u tebi
Uzmi ga
Gospodin razlog je zakasnio
ako na njega čekaš
Gospodin razlog neće doći
Uzmi ga tek tako bez razloga
Kao što bi i on uzeo tebe

Tanja Stupar-Trifunović

So wie er dich nehmen würde

Ich wollte etwas sagen
Aber ich fand mich in der Falle des Unmöglichen

Schön ist nicht genug
Wissen ist nicht genug
Kunst ist nicht genug
Liebe ist nicht genug
Ich bin nicht genug

Während du mich küßtest musterte ich über deine Schulter
die Autos auf dem Parkplatz
Du hast schöne Augen schöne Lippen warme Hände
Schön ist alles ist schön
Genau das ist dieses Porträt der Sehnsucht
Aber während ich mir diese Zimmer vorstelle und uns
bewohne ich die Fensterscheibe
Wie dich und mich
In den Beinen die uns forttragen und den steilen Treppen
Es gibt niemanden hier niemanden
Der uns sehen hören spüren kann
Niemanden
Wir sind hier allein von ihnen und uns
Du flüsterst daß es niemanden gibt und ich wiederhole
daß es niemanden gibt
Aber ständig haben wir das Gefühl jemand würde uns zusehen
Doch eigentlich sind wir es
Weißt du in diesen Dingen
Und auf all diesen Dingen die wahllos auf dem Dachboden herumliegen
Sitzen wir
Und schauen uns an

Anblicke sind nicht genug
Berührungen sind nicht genug

Mut ist nicht genug
Worte sind schon lange nicht genug
Lenke deine Hände in mein Haar und deine Zunge in meinen Mund
Lenke dieses Schweigen in mich
Auf daß wir uns mit der Stille der Schlangen paaren lautlos
wie sie gleiten in uns zu über uns
Der Wunsch ist nicht genug
Du hast weiche Haut für sie für die Greisinnen in mir
Du bist noch ein Kind
Sie gehen auf dich los verlieren ihre Sachen in meinem Haus
Sie lassen ihre Gebisse in meinen Schränken liegen
Sie sagen
Nimm ihn
Nimm ihn
Nimm ihn
Wir sind hundert Jahre tausend Jahre eine Million Jahre alt
Wir warten und sind hungrig
Nichts ist genug
Nimm ihn
Obwohl nichts genug ist
Unseren Hunger zu stillen
Nimm ihn
Schau ihn dir an er ist wie unsre Söhne Brüder Väter Großväter
All unsre mit denen wir niemals durften
Alt und einsam sind wir in dir
Nimm ihn
Herr Grund ist verspätet
Falls du auf ihn wartest
Herr Grund wird nicht kommen
Nimm ihn einfach so ohne Grund
Wie er dich nehmen würde

(Richard Pietraß)

Tanja Stupar-Trifunović

So wie auch er dich nehmen würde...

Ich wollte etwas sagen
Doch ich befand mich in der Unmöglichkeitsfalle

Das Schöne ist nicht genug
Das Wissen ist nicht genug
Die Kunst ist nicht genug
Die Liebe ist nicht genug
Die Wahrheit ist nicht genug
Ich bin nicht genug

Während du mich küsstest habe ich mir über deine Schulter hinweg die Autos auf dem Parkplatz angeschaut
Du hast schöne Augen schöne Lippen warme Hände
Schön ist alles ist schön
genau das ist das Porträt der Sehnsucht
Aber während ich mir jenes Zimmer vorstelle und uns darin wohne ich in der Fensterscheibe
ebenso wie in dir und in mir
in den Beinen die uns forttragen wie auch auf steilen Treppen
Es gibt niemanden hier es gibt niemanden
der uns sieht der uns hört der uns fühlt
es gibt niemanden
Wir sind hier allein vor ihnen und vor uns
Du flüsterst mir ins Ohr dass es niemanden gibt und ich wiederhole es gibt niemanden
Aber ständig haben wir das Gefühl dass uns jemand zuschaut
doch eigentlich sind wir das
weißt du in diesen Dingen
und auf allen diesen Stühlen die auf dem Dachboden herumliegen
sitzen wir
und schauen uns an

Die Blicke sind nicht genug
Die Berührungen sind nicht genug

Der Mut ist nicht genug
Die Worte sind sowieso nicht genug
Führ deine Hände durch mein Haar und deine Zunge in meinen Mund
Führ dein Schweigen in mich
damit wir uns mit Schlangenstille paaren wie sie lautlos gleiten
in uns zu uns über uns
Das Begehren ist nicht genug
Du hast weiche Haut für sie für die alten Frauen in mir
Du bist noch ein Kind
Sie gehen auf dich los sie verlieren Dinge in meinem Haus
Sie lassen ihre Zahnprothesen in meinen Schränken liegen
Sie sagen
Nimm ihn
Nimm ihn
Nimm ihn
Wir sind hundert Jahre alt sind tausend Jahre alt sind eine Million Jahre alt
Nichts ist genug
Nimm ihn
auch wenn nichts genug ist
um unseren Hunger zu stillen
Nimm ihn
Sieh ihn er ist genauso wie unsere Söhne unsere Brüder unsere Väter unsere Großväter
alle die unseren mit denen wir nie durften
alt sind wir alt und einsam
sehr alt sind wir und sehr einsam in dir
Nimm ihn
Herr Grund verspätet sich
wenn du auf ihn wartest
Herr Grund wird nicht kommen
Nimm ihn einfach so ohne Grund
So wie auch er dich nehmen würde

(Àxel Sanjosé)

Starci i bogovi

Stara gospođa sjedi na stolici i priča o životu dugo i nježno kao da gladi mačku
ona zna da su sve priče ispričane ali ljepota nije u priči nego u pričanju dok je gledam osjećam kako mi raste njena bijela kosa i kako se smanjujem na njenu veličinu bakice palčice čije tijelo isparava u vazduhu
volim te starce u čijem prisustvu godine osjećam kao olakšanje te vazdušaste starce koji otkinu komad sebe lako kao da su od paučine i hodaju sve lakši i lakši
poslije ih držiš za uzicu kao helijumske balone možeš ih pronijeti nekoliko nad glavom laganih i mudrih
ja im zavidim
u mojoj naglosti i nespretnosti svaki dan lupam male posude mojih čežnji staklene krhhke i poslije oštre pod rukama i bosim nogama
kud god krenem Hristove rane i uporni Bog koji govori neću tvoju mudrost nego ludost neću tvoje priče nego ljubav
O takav luksuz pita li se mogu li sebi priuštiti u ovo doba otuđenja gubljenja iluzija i skromnih planova o popodnevnom spavanju sama u krevetu s leđima okrenutim prema zidu u koji se nježno utisnut nebeskim projektorom useljava svaki dan po jedan novi bog bahat i pun zahtjeva
Moj prijatelj kaže da su bogovi višak mog straha u pjesmama i nespremnost da prihvatim samoću
ja mu kažem oni su tu samo zbog staraca zbog mudrih staraca
zbog lakoće sa kojom se oni transcedentiraju u oblak

alte und götter

eine alte dame sitzt auf einem stuhl und erzählt vom leben lang und zärtlich
als ob sie eine katze streichelt
sie weiß dass alle geschichten schon erzählt sind aber die schönheit liegt
nicht in der geschichte sondern im erzählen während ich sie ansehe fühle
ich wie mir ihr graues haar wächst und wie ich auf ihre größe schrumpfe die
eines alten däumelinchen dessen körper in der luft verdunstet
ich liebe diese alten in deren gegenwart ich die jahre wie ein leichterwerden
spüre die luftigen alten die sacht ein stück von sich abtrennen als ob sie aus
spinnfäden wären und sie gehen immer leichter und leichter
später hältst du sie an einer schnur wie folienballons du kannst einige über
dem kopf tragen leicht und weise
ich beneide sie
an meiner hitzigkeit meinem ungeschick zerschelle ich jeden tag meine
sehnsüchte sprengen jedes gefäß
zerbrechlich und danach scharfkantig unter den händen und bloßen füßen
wohin ich auch gehe die wunden christi und ein hartnäckiger gott der sagt
ich will keine weisheit von dir sondern verrücktheit nicht deine geschichte
sondern leidenschaft
oh solch ein luxus fragt sie sich kann ich mir das leisten in dieser zeit des
abrückens der verluste von illusionen und bescheidenen plänen für einen
nachmittagsschlaf allein im bett mit dem rücken zur wand auf der sanft
aus einem himmlischen projektor jeden tag ein neuer hochmütiger gott
erscheint mit unmäßigen forderungen
ein freund sagt die götter seien ein ausfluss meiner angst in den gedichten
und der unfähigkeit das alleinsein zu akzeptieren
ich sage ihm sie seien da allein wegen den weisen alten
wegen der leichtigkeit mit der sie sich in eine wolke verwandeln

(Brigitte Oleschinski)

Nedjeljom

Nedjeljom na stolu ribarnice koprca se debeli šaran dok otac poseže za novčanikom
majka vadi veliki ceker iz torbe
a dijete tužnim i znatiželjnim očima gleda prvu smrt ubistvo šarana otetog iz bazena
Nedjeljom ja sam najusamljeniji čovjek jer sve ovo gledam iz prikrajka i nisam otac koji će djetetu čistiti šarana od koščica i nisam majka koja će ubrusom brisati njegove meke usne i nisam dijete koje će zaspati sito i pomalo prestravljeno jutrošnjim prizorom
Nedjeljom nakon što prođem pijacom i moje oči bivaju raznesene na sve strane grada u punim cekerima
ja odlazim slijep i prazan u obližnju kafanu da pijem

Sonntags

Sonntags zappelt auf der Theke des Fischladens ein dicker Karpfen während der Vater die Brieftasche nimmt
die Mutter zieht einen großen Stoffbeutel aus ihrer Einkaufstasche
und das Kind sieht mit traurigen und neugierigen Augen seinen ersten Todesfall die Ermordung des Karpfens den man aus dem Becken gezogen hat
Sonntags bin ich der einsamste Mensch denn ich beobachte dies alles von etwas abseits und bin nicht der Vater der für das Kind die Gräten entfernen wird und bin nicht die Mutter die dessen zarte Lippen mit der Serviette abwischen wird und bin nicht das Kind das satt und von dem Ereignis am Morgen noch etwas verängstigt einschlafen wird
Sonntags wenn ich über den Markt gelaufen bin und meine Augen in vollen Einkaufstaschen in alle Stadtteile getragen werden
gehe ich blind und leer in die nahe Kneipe zum Trinken.

(Àxel Sanjosé)

Nestor u borbi protiv globalizacije

Poželjno je biti agažovani pisac koji javno govori svoje mišljenje za ili protiv globalizacije nacije pičke materine
sramno je biti bez stava bez sredstava bez sebe sama
danas
Nestor putuje u Bosnu s malim bedžom na kojem piše kako je on protivnik globalizacije
stoji na trgu nevin i čist sa naočarama i šarenom maramom oko vrata kao pionir novog rajskog svijeta
zamišljam Nestora na gradilištu među zidarima koji veselo psuju sami sebi majku pripiti i ludi na plus četrdeset zamišljam Nestora u rovu Nestora kako u jednom danu na dvije različite strane u istoj zemlji slavi dan borbe protiv agresora i plače za poginulim saborcima zamišljam Nestora u izbjegličkoj koloni sa babama u crnom koje kukaju plaču i govore e moj sinko
zamišljam Nestora kako u šizofrenoj atmosferi ima amneziju i zaboravlja svoju Holandiju svoju Englesku svoju lijepu sobu iz koje je doputovao da se bori protiv globalizacije
zamišljam Nestora u sopstvenom krevetu kako ga more nesanice trza se u snu
i strijepi jer odsvukud mogu doći neprijatelji izdajice i potkazivači
iz kreveta zida žene i iz sebe sama

Gledam Nestora u oči ljubazno mu se smješkam i na sva njegova pitanja odgovaram
potvrdno
da Bosna je lijepa zemlja priroda zelenilo brežuljci
da volim hrvatsko primorje poznajem ga vrlo dobro tamo sam se rodila
da lijepo nam je družimo se
mi smo svi ovdje prijatni i gostoljubivi ljudi

Fin neki čovjek taj Nestor. Sretan put Nestore. I dođi nam opet.

Nestor im Kampf gegen die Globalisierung

Es ist erwünscht ein engagierter Autor zu sein der seine Meinung für oder
gegen Globalisierung Nation Teufelszeug öffentlich äußert
jämmerlich ist es ohne Haltung zu sein ohne Mittel ohne sich selbst
heutzutage reist Nestor durch Bosnien mit einem Button der ihn als
Globalisierungsgegner ausweist
er steht auf dem Platz unschuldig und rein mit Brille und buntem Halstuch
wie ein Pionier der neuen paradiesischen Welt
ich stell mir Nestor auf der Baustelle vor zwischen Maurern die über sich
selbst witzeln die Mütter verfluchen angeheitert und durchgeknallt
auf Vierzig plus X stell ich mir Nestor vor Nestor im Schützengraben wie
er an einem Tag in ein und demselben Land auf zwei verschiedenen Seiten
den Tag des Kampfes gegen den Aggressor begeht und seine verstorbenen
Kameraden betrauert ich stell mir Nestor in der Kolonne der Flüchtlinge vor
mit Greisinnen in Schwarz die jammern weinen und sagen ach mein Sohn
ich stelle mit Nestor vor wie er in einer schizophrenen Atmosphäre eine
Amnesie hat und sein Holland vergisst sein England sein schönes Zimmer
aus dem er angereist kam um gegen die Globalisierung zu kämpfen
ich stell mir Nestor in meinem eigenen Bett vor wie ihn Schlaflosigkeit quält
und wie er im Schlaf zuckt
und zittert denn von überallher können Feinde Verräter und Denunzianten
kommen aus dem Bett der Mauer der Frau und auch aus einem selbst
ich schau Nestor in die Augen lächle freundlich und auf all seine Fragen
antworte ich zustimmend
dass Bosnien ein schönes Land ist Natur Grün Hügel
dass ich die kroatische Küste liebe und kenne ich wurde dort geboren
dass wir es schön haben und jeder mit jedem gut Freund ist
wir alle hier sind angenehme und gastfreundliche Menschen
ein feiner Mann dieser Nestor. Gute Reise Nestor. Und beehre uns wieder.

(*Ron Winkler*)

Nachwort

Ich überlege mir gerade, was einem Deutschen einfallen könnte, wenn er Bosnien und Herzegowina hört.
a) Ein Attentat im Juni 1914, als Thronfolger Franz Ferdinand und seine Gemahlin Sophie ermordet wurden, und dieses Ereignis in Sarajevo Anlass für den Ersten Weltkrieg wurde? b) Ein blutiger Krieg um die Unabhängigkeit zwischen 1992 und 1995? c) Edin Džeko, der bei Wolfsburg spielte, als sie deutscher Meister wurden? d) Die Pilgerstätte Međugorje? e) Ein wirres Land?!
Fußball, Madonna, Krieg und nochmals Krieg... und Hand aufs Herz, das Land ist heute in der Tat wirr. Seit jeher war Bosnien die Schnittstelle zwischen Orient und dem Westen und der Schmelztiegel Europas. Ein Land, das eigentlich beispielhaft für seine Vielfältigkeit von Religionen sein könnte. Ein oft angenehmes Zusammenleben von Orthodoxen, Katholiken, Muslimen und Juden, und ihren Traditionen. Das Land kennt ein muslimisches Zuckerfest, zwei verschiedene Osterfeste, zwei Weihnachten und Chanukka.

Johann Wolfgang von Goethe war einer der ersten deutschen Dichter, der sich für dieses Land interessierte. Der neugierige Zeitgeist der Romantik ließ ihn die muslimisch-herzegowinische Ballade *Der Klaggesang von der edlen Frau des Asan Aga*, die im südslawischen Raum als *Hasanaginica* bekannt ist, ins Deutsche nachdichten. Über Umwege, aus dem Italienischen. Und natürlich, meisterhaft.
Zu dieser Zeit war Bosnien und Herzegowina eine wichtige Provinz des großen Osmanischen Reiches. Insgesamt vierhundert Jahre lang. Die Zeit des mittelalterlichen Bosniens zwischen dem byzantinisch-orthodoxen und römisch-katholischen und der für häretisch erklärten autochthonen bosnischen Kirche war damit vorbei. Kulturell bereicherte Bosnien und Herzegowina das europäische Erbe mit *stećci*, den mittelalterlichen Grabsteinen mit literarischen Inschriften.

Mit der Eroberung Bosniens durch die Osmanen wurde der Islam in die bosnische Tradition eingewebt, und im 16. Jahrhundert der Judaismus der Sepharden, die aus Spanien und Portugal vertrieben wurden, und in

Bosnien einen Zufluchtsort fanden. Diese wurden zu einem wichtigen Bestandteil der gemeinsamen bosnisch-herzegowinischen Identität.
Die bedeutendsten architektonischen Bauten, die heute als Wahrzeichen Bosniens gelten, stammen aus jener osmanischen Zeit, so zum Beispiel die vom in Bosnien geborenen Nobelpreisträger Ivo Andrić literarisch verewigte Brücke über die Drina in Višegrad, die Brücke von Mostar, aber auch die Altstadt von Sarajevo, Baščaršija.
Dem serbisch-orthodoxen Erbe verdankt Bosnien bedeutende Freskenmalereien in den Kirchen von Trebinje oder Žitomislić.
Schon zu osmanischen Zeiten spielen die Franziskanermönche eine tragende Rolle im kulturellen Sinne und sie haben sie bis heute noch inne. So gehören zu den kulturellen Höhepunkten die Werke von Matija Divković, der als erster ein Buch in der Volkssprache verfasste und seitdem als der Begründer der Volksliteratur gilt.
Die Haggadah, die die Juden damals in die Vertreibung mitnahmen, ist heute noch eines der wertvollsten und schönsten Bücher, die das Landesmuseum in Sarajevo beherbergt.
Aus dem literarischen Blickwinkel betrachtet, steht diese Zeit neben vielen theologischen Schriften für die orale Volksdichtung. Diese kennt als wichtigste Formen das Epos und die Sevdalinka, das urbane Volkslied.
Nach dem Zerfall des osmanischen Reiches wird Bosnien und Herzegowina der österreichisch-ungarischen Monarchie 1878 zugeteilt und 1908 offiziell annektiert. Diese Zeit wird heute erinnert als eine Zeit der starken Modernisierung des Landes nach europäischen Maßstäben. Das Stadtbild der Hauptstadt Sarajevo wird verändert durch die k. und k. Architektur, und zu den bedeutendsten Bauwerken dieser Zeit gehört das Landesmuseum in Sarajevo.
Diese Zeit bedeutet auch den Bruch mit alten literarischen Traditionen und den Beginn der Moderne in der Lyrik. Zu den namhaftesten Dichtern dieser Zeit gehören wohl Musa Ćazim Ćatic, Aleksa Šantić, Petar Kočić und Silvije Strahimir Kranjčević.
Anlass für den ersten Weltkrieg wurde das Attentat, das im Juni 1914 auf Franz Ferdinand in Sarajevo verübt wurde. Das große Vielvölkerreich Österreich-Ungarn scheiterte gerade am Nationalitätsproblem. Dieses

Schicksal sollte einige Jahrzehnte später auch Bosnien und Herzegowina einholen. Es war an der Zeit, Europa neu zu teilen. Für die Südslawen, die gemeinsam keine Untertanen großer Weltmächte sein wollten, bedeutete das, zum ersten Mal in ihrer Geschichte nicht mehr unter fremder Besatzung zu leben. Die politische Vereinigung der Südslawen nach dem ersten Weltkrieg wurzelt in der illyrischen Bewegung, die in der ersten Hälfte des 19. Jahrhunderts von Bedeutung war.

Die Zeit des ersten Jugoslawiens, die etwa der deutschen Zwischenkriegszeit entspricht, wird in Bosnien und Herzegowina literarisch sehr stark vom expressionistischen Werk Antun Branko Šimićs gekennzeichnet. Dieser dem deutschen Sprachraum unbekannte, aber gerade vom deutschsprachigen Expressionismus geprägte große Dichter gehört zweifelsohne zu den bedeutendsten Lyrikern, die aus Bosnien und Herzegowina stammen. Sein literarisches Talent ist noch heute von großer Bedeutung für die ganze Region des ehemals serbokroatischen Sprachraumes.
Das zweite Jugoslawien, das nach dem zweiten Weltkrieg entstand und bis zu den neunziger Jahren des letzten Jahrhunderts andauerte, umfasste auch das heutige Bosnien und Herzegowina, und bedeutete für die ganze Region eine politisch relativ stabile und sichere Zeit. Unter dem Slogan *Brüderlichkeit und Einheit* versuchte Tito die Südslawen in einem gemeinsamen Staat zusammenzuhalten. Das sollte sich fünfzig Jahre später dennoch als unmöglich herausstellen. Kulturell betrachtet, folgte unmittelbar nach dem zweiten Weltkrieg eine kurze Epoche des sozialistischen Realismus nach dem russischen Modell. *Subjektives Abbild der objektiven Wirklichkeit* war das Motto. Trotz der propagandistischen Zwänge haben Autoren wie Skender Kulenović und Branko Ćopić herausragende literarische Werke geschaffen, die zum Thema vorwiegend die Befreiungskämpfe der Partisanen haben.
Thematisch betrachtet, ist die große Ausnahme der einzige Nobelpreisträger der Region, Ivo Andrić. Seine drei wohl bedeutendsten Romane *Die Brücke über die Drina, Wesire und Konsuln* und *Der verdammte Hof* wurden alle 1945 veröffentlicht. Anstatt Lobeshymnen an Tito und Jugoslawien zu schreiben, befasste er sich mit diesem komplizierten und

wunderschönen Bosnien, seiner Geschichte und seinen Menschen.
Um diesen großen jugoslawischen Schriftsteller gibt es heute auch einen Erbfolgekrieg. Ein in Bosnien und Herzegowina geborener Kroate, der auf Serbisch schrieb. Wem gehört er wohl? Die Staaten kämpfen um ihn, und eigentlich gehört er allen.
Die sechziger Jahre stehen für große Prosawerke. Es ist die Zeit, in der Meša Selimovićs *Derwisch und der Tod* erscheint, und Nedžad Ibrišimović mit *Ugursuz* debütiert.

Die Lyrik dieser Zeit lässt sich wohl am besten durch das Werk Mak Dizdars und Nikola Šops beschreiben. Diese beiden finden unter anderem die Quelle der Inspiration im mittelalterlichen Bosnien. Auf der Suche nach authentisch bosnisch-herzegowinischen Motiven und Geschichten verwenden sie das Motiv der *stećci* oder ihre Inschriften und weben diese in ihre Werke ein. Insbesondere die Verse Nikola Šops gelten als intellektuell und hermetisch.

Die drei Lyriker, deren Gedichte in diesem Band zu finden sind, haben ihre ersten Gedichtbände in den 70er Jahren veröffentlicht.

Marko Vešović, Lyriker und Essayist, war von Anfang an fasziniert von der europäischen Moderne. Der in Montenegro geborene Dichter kommt als Student nach Sarajevo, wo er bis heute lebt. Er gilt als ein Dichter mit einem besonderen sprachlichen Feingefühl, der sein heimatliches montenegrinisches Idiom für einen modernen poetischen Ausdruck zu nutzen versteht.

Stevan Tontić wurde zunächst wegen seiner anarchistischen und ironischen Einstellung zur traditionellen Dichtkunst berühmt. Er bricht mit Normen der Tradition und bringt (Selbst-)Ironie und Paradox in seine Verse ein, die sich dem Alltäglichen zuwenden und auf Pathos verzichten. Der Titel seines ersten Lyrikbandes *Nauka o duši i druge vesele priče* (dt. *Die Lehre über die Seele und andere lustige Geschichten*) veranschaulicht seine poetischen Absichten sehr gut.

Mile Stojićs frühes Werk ist durch sprachliche Artistik und eine Verknappung des Ausdrucks charakterisiert. Seine Grundstimmung ist melancholisch und düster. Die Vergänglichkeit des Menschen ist der Tenor seiner Lyrik. Die frühen Gedichtbände *Lijer, jezik prašine* (dt. *Lilie, die Sprache der Asche*) und *Zemna svjetlost* (dt. *Licht der Erde*) zeugen von einer ehemals hermetischen Sprache dieses Dichters.

Der Zerfall Jugoslawiens und die neunziger Jahre bringen einen Bruch mit allem, was davor galt. Das Unvorstellbare wird zum Alltag. Und der Alltag bedeutet Krieg und Vertreibung. Die Realität, die aus Angst, Tod und Schmerz besteht, wird zum wichtigsten Bezugspunkt für alle drei Dichter.

Marko Vešović bleibt in Sarajevo. Gestern noch ein Freund von Radovan Karadžić, steht er ab April 1992 auf der anderen Seite. Seine Lyrik in den Neunzigern gilt den Menschen, die die Belagerung Sarajevos miterlebt haben. Die Bewohner Sarajevos leihen ihm ihre Geschichten und er gibt ihnen seine lyrische Stimme. Sein Gedichtband *Poljska konjica* (dt. *Die polnische Reiterarmee*) verewigt die Zeit des Schreckens und des Todes. Gerade diese Gedichte zeugen von so viel Leben und Lebenslust wie in keinem Band zuvor.
Die Gedichte, die folgen werden, sind zwar stark in ihrem Ausdruck, zeugen aber von Resignation, großen Enttäuschungen, und Erschöpfung gegenüber dem Erlebten, in der Erwartung des Todes.

Stevan Tontić verbringt ein Jahr im belagerten Sarajevo. In seinem Band *Sarajevski rukopis* (dt. *Handschrift aus Sarajevo*) findet man noch immer seinen Hang zu Witz und Ironie, so widmet er Gedichte Lebensmitteln, wie dem Ei oder dem Reis. Ab 1993 findet er einen Zufluchtsort in Deutschland, Berlin. Seine Welt ist nun von Entwurzelung und Vertreibung bestimmt. „Mit der Erfahrung der Hölle und des 'Weltuntergangs' im Kriegsschlachthof von Sarajevo, ist in meine Poesie der tiefste Graus in der Welt des absoluten Übels eingedrungen", beschrieb Tontić seine neue Poetik in einem Interview.

Einen ähnlichen Weg ging auch Mile Stojić, der Sarajevo verließ, um die nächsten zehn Jahre in Wien zu leben. Seine Verse und Essays gelten seitdem dem Exil. Die Erfahrung einer fremden Sprache, der verlorenen Heimat und Vertreibung wird für das literarische Schaffen dieses Autors für eine lange Zeit thematisch maßgebend sein. Nach seiner Rückkehr nach Sarajevo wird Alfred Polgars Zitat „Die Fremde nicht Heimat, aber die Heimat fremd geworden" zu einem akzeptierten Dauerzustand. Der verängstigende Wandel einer sozialistischen Gesellschaft in eine kapitalistische, die damit verbundene Gier und der Wertverlust, sind für diesen Autor ebenfalls wichtige Themen.

Faruk Šehić, geboren 1970, war 22 und Student in Zagreb, als der Krieg begann und er sich als Freiwilliger für den Armeedienst meldete. Die Todesnähe an der Front und die unmittelbare Erfahrung des Krieges werden zum Erkennungsmerkmal seiner Lyrik. Seine Aufmerksamkeit gilt aber auch der Popkultur und den Phänomenen der Konsumgesellschaft. Seine Lyrikbände *Hit depo* und *Transsarajevo*, sowie der Kurzgeschichtenband *Pod pritiskom* (dt. *Unter Druck*) werden ihn zum Sprachrohr einer verlorenen Generation machen.

Tatjana Bijelić wurde 1974 in Sisak, Kroatien geboren. Sie studierte an der philosophischen Fakultät in Priština und an der Oxford Brooks University in Großbritannien. Sowohl ihr wissenschaftlicher Forschungsschwerpunkt als auch ihre Lyrik ist stark vom feministischen Gedankengut geprägt. In ihren Versen, die voll von Sprachspielen sind und deshalb auch an manchen Stellen unübersetzbar scheinen, thematisiert sie in einer dichten intellektuellen Sprache vor allem die Frau und die Mann-Frau-Beziehungen. Sie übersetzt aus dem Englischen.

Tanja Stupar-Trifunović, geboren 1977 in Zadar, Kroatien, studierte serbische Sprache und Literatur. Die Gedichte der jüngsten Lyrikerin in dieser Auswahl strotzen von weiblichem Selbstbewusstsein. Die bosnisch-herzegowinische Gesellschaft, die heute stark von Religion beeinflusst wird, bemüht sich, die Frau wieder dorthin zu bringen, wo sie vor dem

Krieg schon nicht mehr war, nämlich ins traute Heim und an den Herd. Tanja bricht die neu eingeführten Tabus und spricht über die weibliche Sexualität und Mutterschaft.

Es ist wohl ein globaler Trend, dass die Literatur einer starken Kommerzialisierung unterliegt, auch der Sprach- und Marktdominanz der großen Sprachen, insbesondere des Englischen. Vielleicht gibt es gerade deswegen in Europa ein starkes Bestreben, die Vielfältigkeit der verschiedenen Länder zu wahren. Erstaunlicherweise aber gab es in der *guten alten Zeit* keinen intensiven Austausch auf poetischem Gebiet zwischen Bosnien und Deutschland.
Den gibt es nun wieder zum ersten Mal nach fast 60 Jahren.

Wir glauben, mit diesem kreativen Literatur- und Übersetzerprojekt ein Fenster geöffnet zu haben mit dem Blick in den Reichtum und Zauber der bosnisch-herzegowinischen zeitgenössischen Lyrik.

Hana Stojić

Die Autoren

Tatjana Bijelić, geboren 1974 in Sisak/Kroatien, lebt in Banja Luka/Bosnien-Herzegowina. Sie ist Lyrikerin, Prosaistin und Übersetzerin aus dem Englischen. 2009 gewann sie mit ihrem Gedichtband „Dva puta iz Oksforda“ den Preis bei der Ausschreibung des Ministeriums für Bildung und Kultur der Republika Srpska. Zuletzt erschienen: „Rub bez ruba“ (dt. „Die Kante ohne Kante“), Gedichtband 2006, „Osam savremenih britanskih pjesnika“ (dt. „Acht zeitgenössische britische Dichter“), Lyrikanthologie 2008 und „Dva puta iz Oksforda“ (dt. „Zwei Wege aus Oxford“), Gedichtband 2009.

Faruk Šehić, geboren 1970 in Bihać/Bosnien-Herzegowina, lebt als Schriftsteller und Journalist in Sarajevo. 2012 erhielt er für seinen Roman „Knjiga o Uni“ von 2011 den *Meša Selimović-Preis*, einen bedeutenden Literaturpreis des südosteuropäischen Raums. Von ihm sind u.a. erschienen: „Transsarajevo“, Gedichtband 2006 und „Hit depo, Pod pritiskom, Transsarajevo, Apokalipsa iz Recycle bina“, Sammelband 2008. Englische Veröffentlichung: „Street Epistels“ („Ulicne poslanice“), 2009. Auf Deutsch ist 2011 „Abzeichen aus Fleisch“, eine Auswahl aus seinen Gedichtbänden, erschienen.

Mile Stojić, geboren 1955 in Dragićina/Bosnien-Herzegowina, lebt als Schriftsteller und Journalist in Sarajevo. 2007 erhielt er die höchste Auszeichnung für Lyrik in kroatischer Sprache, *Goranov vijenac*. Zuletzt erschienen die Gedichtbände „Večera bez politike“ (dt. „Das Abendessen ohne Politik“), 2005; „Među zavađenim narodima“ (dt. „Zwischen verfeindeten Völkern“), 2009 und „Dunia“, 2011. Deutsche Veröffentlichungen: „FensterWorte. Ein bosnisches Alphabet“, Essays 2000, „Das ungarische Meer“, Gedichte 2005 und „Cherubs Schwert“, Gedichte und Essays 2011.

Tanja Stupar-Trifunović, geboren 1977 in Zadar/Kroatien, lebt in Banja Luka/Bosnien-Herzegowina, Schriftstellerin und Redakteurin für die Literaturzeitschrift *Putevi*. Ihr Gedichtband „O čemu misle varvari dok doručkuju“ (dt. „Über was denken Barbaren beim Frühstück nach“) von

2008 war in der engeren Auswahl für den Literaturpreis *Literaris* für Ost- und Südosteuropäische Literatur. Zuletzt erschien „Glavni junak je čovjek koji se zaljubljuje u nesreću" (dt. „Der Held ist ein Mensch, der sich in das Unglück verliebt"), Gedichtband 2010, für den sie den *Fra-Grgo-Martić-Preis* gewann.

Stevan Tontić, geboren 1946 in Sanski Most/Bosnien-Herzegowina, lebt als Schriftsteller und Übersetzer aus dem Deutschen in Sarajevo. Er erhielt u.a. 2001 den Preis *Literatur im Exil* der Stadt Heidelberg für seinen Gedichtband „Sarajevski rukopis" (dt. „Handschrift aus Sarajevo") und 2007 *Bosanski stećak*, die höchste Auszeichnung für Lyrik in Bosnien-Herzegowina. Zuletzt erschienene Gedichtbände: „Blagoslov izgnanstva" (dt. „Segen des Exils"), 2001 und „Sveto i prokleto" (dt. „Heiliges und Verdammtes"), 2009. In deutscher Übersetzung sind zuletzt erschienen: „Sonntag in Berlin", 2000; „Verwundete Zungen", 2000 und „Im Auftrag des Wortes", 2004.

Marko Vešović, geboren 1945 in Pape/Montenegro, lebt in Sarajevo, Schriftsteller und Übersetzer von Gedichten, Professor für Lyrik an der Philosophischen Fakultät der Universität Sarajevo. Er wurde mit mehreren Preisen ausgezeichnet, darunter *Fund for Free Expression Award*, U.S.A. 1993 und *Otvoreno društvo Soros* (*Open Society Fund*) Bosnien-Herzegowina 1997. Zuletzt erschienen die Gedichtbände: „Poljska konjica" (dt. „Polnische Reiterarmee"), 2002; „Rastanak s Arencanom" (dt. „Der Abschied von Arrenzano"), 2007 und „Dok prelazim u mumiju" (dt. „Während ich zur Mumie werde"), 2009.

Sünje Lewejohann, geboren 1972 in Flensburg, wuchs als Teil der dänischen Minderheit auf, freie Schriftstellerin in Berlin. Sie erhielt 2010 den *Alfred-Gruber-Preis* beim Lyrikwettbewerb Meran. Zuletzt erschienen: „Am Sonntag will Gott zu Atem kommen", Roman 2005 und ein Auszug aus „Katzenei" in dänischer Übersetzung, 2009.

Brigitte Oleschinski, geboren 1955 in Köln, lebt in Berlin, Zeithistorikerin, Lyrikerin und Essayistin. Sie erhielt für ihr lyrisches Werk u.a. den

Peter-Huchel-Preis (1998), *Ernst-Meister-Preis* (2001) und *Erich-Fried-Preis* (2004). Zuletzt erschienene Gedichtbände: „Argo Cargo“, 2003 und „Geisterströmung“, 2004.

Richard Pietraß, 1946 in Lichtenstein geboren, lebt als freier Schriftsteller und Übersetzer in Berlin. Er erhielt u.a. den *Erwin-Strittmatter-Preis* (2004) und *ver.di Literaturpreis* (2008). Herausgeber der Lyrikreihe *Poesiealbum* und mehrerer Anthologien. Zuletzt erschienene Gedichtbände: „Pariser Lust“, 2011 und „Wandelstern, 2012.

Àxel Sanjosé, geboren 1960 in Barcelona, lebt in München. Lyriker und Übersetzer katalanischer und spanischer Lyrik. Er arbeitet für das Designbüro KMS und ist Lehrbeauftragter am Institut für Komparatistik der Universität München. Zuletzt erschienen: „Gelegentlich Krähen“, Gedichte 2004.

Kathrin Schmidt, geboren 1958 in Gotha, lebt als freie Schriftstellerin in Berlin. Sie gewann den *Preis der SWR-Bestenliste* und den *Deutschen Buchpreis* für ihren Roman „Du stirbst nicht“ 2009 (u.a.). Zuletzt erschienen: „Blinde Bienen“, Gedichte 2010, „Finito. Schwamm drüber“, Erzählungen 2011.

Ron Winkler, geboren 1973 in Jena, lebt in Berlin, Schriftsteller und Übersetzer aus dem Englischen. Er erhielt u.a. den *Mondseer Lyrikpreis* und *erostepost-Literaturpreis* (2006). Herausgeber der Literaturzeitschrift *intendenzen*. Zuletzt erschienen: „Torp“, Kurznovellen 2010, „Frenetische Stille“, Gedichte 2010.

Die Interlinearübersetzerin

Hana Stojić, 1982 in Sarajevo geboren, lebt als Übersetzerin und Kulturvermittlerin in Sarajevo. Seit 2008 ist sie Koordinatorin des Regionalbüros in Sarajevo für das Projekt *traduki*, das sich um den literarischen Austausch zwischen den deutschsprachigen Ländern und Südosteuropa bemüht. Mitherausgeberin der Publikation „Gefährdete Liegenschaften" (Izgubljena mjesta) für das Goethe-Institut Bosnien-Herzegowina, 2009 und „Žene u Bosni i Hercegovini" (dt. „Frauen in Bosnien und Herzegowina"), 2011. Sie übersetzte u.a. 2005 den Roman „Die Liebhaberinnen" von Elfriede Jelinek ins Bosnische und 2011 „Abzeichen aus Fleisch", Gedichtband von Faruk Šehić, ins Deutsche.

Der Herausgeber

Hans Thill, geboren 1954 in Baden-Baden, lebt in Heidelberg. Für seinen Gedichtband „Kühle Religionen" (2003) erhielt er den *Peter-Huchel-Preis*. 2010 erschien (zusammen mit Michael Braun) die Anthologie „Lied aus reinem Nichts, deutschsprachige Lyrik des 21. Jahrhunderts", sowie der Gedichtband „Museum der Ungeduld". Seit September 2010 leitet er das Künstlerhaus Edenkoben.

Inhalt

Vierundzwanzigster Band der Reihe *Poesie der Nachbarn* – Dichter übersetzen Dichter. Eine literarische Reihe der *Landes-Stiftung Arp Museum Bahnhof Rolandseck* und des *Künstlerhauses Edenkoben der Stiftung Rheinland-Pfalz für Kultur*

[KUENSTLERHAUS EDENKOBEN]

Stiftung Rheinland-Pfalz für Kultur

Sparkasse Südliche Weinstraße

arp museum Bahnhof Rolandseck Ort der Künste

»Poesie der Nachbarn«

Herausgegeben von Gregor Laschen

Mein Gedicht ist mein Körper – Poesie aus Dänemark.
192 Seiten, 13,– Euro. ISBN 3-88314-914-4.
Inzwischen fallen die Reiche – Poesie aus Ungarn.
172 Seiten, 13,– Euro. ISBN 3-89429-036-6.
Ich bin der König aus Rauch – Poesie aus Spanien.
172 Seiten, 13,– Euro. ISBN 3-89429-121-4.
Ich hörte die Farbe blau – Poesie aus Island.
192 Seiten, 13,– Euro. ISBN 3-89429-180-X.
Eine Jacke aus Sand – Poesie aus den Niederlanden.
192 Seiten, 13,– Euro. ISBN 3-89429-290-3.
Hör den Weg der Erde – Poesie aus Bulgarien.
188 Seiten, 13,– Euro. ISBN 3-89429-490-6.
Die Mühle des Schlafs – Poesie aus Italien.
172 Seiten, 13,– Euro. ISBN 3-89429-930-4.
Der Finger Hölderlins – Poesie aus Frankreich.
186 Seiten, 13,– Euro. ISBN 3-89429-731-X.
Das erste Paradies – Poesie aus Norwegen.
185 Seiten, 13,– Euro. ISBN 3-89701-025-9.
Das Zweimaleins des Steins – Poesie aus Irland.
187 Seiten, 13,– Euro. ISBN 3-89701-198-0.
Die Freiheit der Kartoffelkeime – Poesie aus Estland.
175 Seiten, 13.– Euro. ISBN 3-89701-381-9.
Ich ist ein andrer ist bang – Poesie aus Rumänien.
190 Seiten, 13,– Euro. ISBN 3-89701-571-4.
Die Bogenform der Erinnerung – Poesie aus Portugal.
188 Seiten, 13,– Euro. ISBN 3-89701-729-6.
Die Heimkehr in den Kristall – Poesie aus Finnland.
185 Seiten, 13,– Euro. ISBN 3-89701-887-X.
Atmen lang von Babel her – Poesie aus Griechenland.
208 Seiten, 13,– Euro. ISBN 3-89701-985-X.
Königs Schiffe vor Eden – 15 Jahre Poesie der Nachbarn.
Eine Dokumentation.
180 Seiten, 18,– Euro. ISBN 3-89701-986-8.

Zu beziehen über »edition die horen« im Wirtschaftsverlag NW
Verlag für neue Wissenschaft GmbH
Postfach 10 11 10 · D-27511 Bremerhaven
Telefon 0471/9454461 · Telefax 0471/9454488
e-mail: info@nw-verlag.de · Internet: www.nw-verlag.de

edition die horen

nw

Poesie der Nachbarn Band 23

Hans Thill (Hrsg.)

Meine schlichten Reisen

Gedichte aus Belgien

Dreisprachige Ausgabe: niederländisch-französisch-deutsch.
Mit einem Nachwort von Beate Thill und Stefan Wieczorek.
188 Seiten, gebunden, bibliophile Ausgabe mit Lesebändchen
€ 19,90
ISBN 978-3-88423-375-7

Gedichte von Dirk van Bastelaere, Eric Brogniet, Karel Logist, Els Moors, Erik Spinoy, Liliane Wouters übersetzt von Gerhard Falkner, Zsuzsanna Gahse, Norbert Lange, Michael Speier, Ulrike Almut Sandig, Hans Thill.

»Es gibt keine belgischen Dichter – belgische Dichter sind wir nur im Ausland!« – während der Übersetzerwerkstatt in Edenkoben war dies wohl die deutlichste Formulierung, um die Situation der flämischen und wallonischen Dichter zu beschreiben. Sie zeugt von einer höchst interessanten Position der Dichter im nationalen und kulturellen Kontext, zumal diese Selbstverortung mit Selbstbewußtsein und kaum als die Erfahrung eines Defizits vorgebracht wurde.

Verlag Das Wunderhorn · Rohrbacher Straße 18 · 69115 Heidelberg
www.wunderhorn.de

Poesie der Nachbarn Band 22

Hans Thill (Hrsg.)

Konzert für das Eis

Gedichte aus Kroatien

Zweisprachige Ausgabe kroatisch-deutsch
202 Seiten, Format: 13.5 x 21 cm, gebunden, bibliophile Ausgabe mit Lesebändchen
€ 19,90
ISBN: 978-3-88423-343-6

Gedichte von Tomica Bajsic, Gordana Benic, Branko Cegec, Zvonko Makovic, Delimir Resicki, Ivana Bodrozic Simic. Übersetzt von Urs Allemann, Arnfrid Astel, Ann Cotten, Kurt Drawert, Karin Kiwus, Hans Thill. Die Wunden des Krieges und die wilde Sehnsucht nach Leben, verbunden mit einem eisigen Humor: die zeitgenössische Lyrik Kroatiens ist aufregend.

Noch vor Jahren hatte man die Szenen eines mörderischen Krieges vor Augen, wenn von Kroatien die Rede war. Heute denkt man wieder an idyllische Landschaften, Küstenstädte, Inseln in der Adria. Von der Schönheit der Sprache und den dunklen Flecken der Vergangenheit erzählen die Gedichte der Lyriker aus dem heutigen Kroatien. Es sind Dichter aller Generationen, darunter die wichtigsten Stimmen der aktuellen kroatischen Poesie

Verlag Das Wunderhorn · Rohrbacher Straße 18 · 69115 Heidelberg
www.wunderhorn.de

Poesie der Nachbarn Band 21

Hans Thill (Hrsg.)

Schlittenspur durch den Sommer

Gedichte aus Schweden

Ausgewählte Gedichte von: Aase Berg, Lina Ekdahl, Björn Håkansson, Ann Jäderlund, Bengt Emil Johnson, Mara Lee.
Übersetzt von: Thomas Böhme, Nora Bossong, Oswald Egger, Ursula Krechel, Johann P. Tammen, Hans Thill.
Mit einem Nachwort von Renate Bleibtreu
Zweisprachige Ausgabe schwedisch-deutsch
180 Seiten, bibliophile Ausstattung
gebunden, mit Lesebändchen
€ 19,90
ISBN 978-3-88423-318-4

Bei den Deutschen galten die Schweden schon immer als bodenständig und realistisch. Ein Volk mit viel Sinn fürs Soziale, das es sich im Sommer auf den Inseln gut gehen lässt und im Winter der Melancholie verfällt. Für den Fernsehzuschauer scheinen die Schweden neuerdings ein Volk der verdrossenen Kommissare zu sein, das Land eine dunkle Insel, auf der das Verbrechen lauert.
Wer sich auf diese geballte Ladung Poesie einlässt, wird ein anderes Schweden entdecken: Humorvoll, verspielt, sinnlich und mit einem Hang zum Grotesken, kurz: großartig und von moderner Eleganz.

Verlag Das Wunderhorn · Rohrbacher Straße 18 · 69115 Heidelberg
www.wunderhorn.de

Poesie der Nachbarn Band 20

Hans Thill (Hrsg.)

Geburt eines Engels

Gedichte aus Slowenien

Ausgewählte Gedichte von Esad Babčić, Milan Dekleva, Barbara Korun, Aleš Šteger, Lucija Stupica, Veno Taufer.
Nach Interlinearversionen von Urska P. Cerne übersetzt von Michael Buselmeier, Steffen Jacobs, Vesna Lubina, Marion Poschmann, Raoul Schrott, Hans Thill.
Zweisprachige Ausgabe slowenisch-deutsch
186 Seiten, bibliophile Ausstattung
gebunden, mit Lesebändchen
€ 19,90
ISBN 978-3-88423-297-2

Beinahe ohne Beschädigung hat das Land das alte Jugoslawien verlassen können, nun bildet sich hier eine neue Nationalliteratur, weltläufig und voller Regionalstolz, spekulativ und bilderreich, melancholisch, frech und ganz auf der Höhe der Zeit. Die vorliegende Anthologie gehört zu den weltweit ersten Gedichtbüchern, die generationenübergreifend und repräsentativ eine Bestandsaufnahme der Lyrik Sloweniens wagt.
Der Leser begegnet Veno Taufer, einem Dissidenten der ersten Stunde und Autor strenger, hermetischer Texte, Milan Dekleva, in dessen Zeilen der Jazz mitschwingt, Barbara Korun, eine Dichterin weiblicher Selbsterkundung, die dem (scheinbar) Alltäglichen zugewandte Lucija Stupica, den kraftvollen Esad Babčić mit seiner Vorliebe fürs Groteske, sowie Aleš Šteger mit seinen ebenso philosophischen wie melodiösen Gedichten.

www.wunderhorn.de